於亂世中生長的孩子

童年

如何保持良善與純真?

Childhood

(Jacinto de Lemos)
雅辛多・德・萊莫斯 著
尚金格 譯

【獲安哥拉 sonangol 文學獎】
以親身經歷講述安哥拉百姓的生活

時間曾經來過卻又流向遠方。
我們永遠不能再與它重逢。
它是美好的,又是殘酷的,一直留在人們的心中。
每個人都有屬於自己的記憶,最初的記憶便是關於「童年」⋯⋯

目錄

上篇　有名氣的魚販子 —— 澤法

一	卡爾瓦里奧	007
二	雅內羅	017
三	紛爭	019
四	貝爾塔	031
五	埃斯特旺	036
六	伊濟德羅	038
七	打架	049
八	瀕死	062
九	澤法	063
十	羅莎	080
十一	流氓	083
十二	女人們	086
十三	馬力歐	093
十四	尋仇	105

目錄

下篇　小夥子雅內羅的另一面

一　學校 …………………………………… 120

二　然東博先生 …………………………… 122

三　冒著炮火前進 ………………………… 171

四　塞薩爾 ………………………………… 184

五　若安尼亞 ……………………………… 187

六　情書 …………………………………… 189

七　告白 …………………………………… 195

八　我們只能做朋友 ……………………… 203

九　錯字 …………………………………… 211

十　回信 …………………………………… 219

十一　麗塔 ………………………………… 225

十二　愛情 ………………………………… 231

十三　卡爾多索 …………………………… 233

十四　妹妹們 ……………………………… 237

十五　分開 ………………………………… 239

十六　思念 ………………………………… 241

上篇
有名氣的魚販子 —— 澤法

上篇　有名氣的魚販子──澤法

啊，飛速流逝的時光！啊，我逝去的童年！

我記憶中的童年總是充滿笑聲和歡樂。村子裡的女孩子們手中拿著小瓶子在沙地上翩翩起舞，她們轉著圈跳起民間的桑巴舞；小孩子們累的時候總是跳過圍牆，爬上鄰居家的高高的芒果樹和無花果樹偷摘美味果子吃。我們還喜歡圍坐在順布拉老太太和希基蒂尼奧老爺爺身邊聽他們講神話故事。

這是我的生活，也是我們的生活；這是我的童年，也是我們的童年。它離我們遠去後，就再也沒有回來。

我想起了童年時候的鹹豬肉乾，那個時候鹹肉乾只能在蒂拉波尼亞的小店裡買到。我記得那個時候，愛德華大媽總在村子的沙地上摔倒，那裡還有很多來來往往的行人，人們走在高低不平像用犁犁過似的土路上。我們這些小孩子們在那裡嬉笑打鬧。我們找來一些玻璃瓶子，然後，將瓶子按小汽車形狀串起來用繩子拉著它們滿村子跑，而那些土路上滿是渾濁的泥漿。

有時候，我們還找機會去弄一些飲料和一些空瓶子。當空中有飛機飛過的時候，我們都會跟著大喊大叫，並朝著飛機遠去的方向跑去。很多人跳的松巴舞很優美，比如：羅唐、拉萊、倫比尼亞、安娜・巴亞、明基塔、卡迪曼祖等。他們有時還教我們這些小孩學習仰泳。

啊，我的童年！我的童年……

如果你問我，這個世界上的什麼東西不能等待我們的步

伐，猜想它就是時間。時間總是在流逝，它曾經來過卻又流向遠方。我們永遠不能再與它重逢。它是美好的，又是殘酷的，它一直留在人們的心中。我們每個人都有屬於自己的記憶，那最初的記憶便是關於我們童年的。

今天，我在這裡講述屬於我自己的童年故事，這個故事也屬於我的朋友雅內羅以及卡爾瓦里奧的妹妹澤法女士。讓我們一起回到過去的那個時代吧……

一　卡爾瓦里奧

卡爾瓦里奧是我們村子裡有名的老好人。他在村子裡頗受人尊重，同時，他也非常尊重其他人。他把別人的父親當作自己的父親對待，把別人的母親當作自己的母親對待，把別人的叔叔當作自己的叔叔對待，把別人的兄弟姐妹當成自己的兄弟姐妹相待。他像是所有人的親人一樣。當然，我並不是說他本來就是一個天大的好人，也不是說他一出生便是一個好人胚子。事實上並不是這樣。因為，在他還是個小夥子的時候，他是一個不折不扣的小混混，一個徹徹底底愛打架的小流氓。他的腿就是在那個時候被人打殘了。那時，他總是被人毆打得遍體鱗傷，甚至有時候暈厥了過去。但是後來，他擔起了生活的

上篇　有名氣的魚販子──澤法

擔子；擔子越來越重,而他整個人也發生了翻天覆地的改變。現在,不管他走到哪裡,都能得到大家的認可。

在調皮的小孩子眼中和那些戴有色眼鏡的大人眼中,卡爾瓦里奧就像是一頭一瘸一拐的毛驢。當他們看見他在村子的大街小巷中行走的時候,就會看著他大喊大叫:「抬起你的瘸腿走路啊,老毛驢!」

不過,好脾氣的卡爾瓦里奧一般都不慍不惱,從來不理會他們,也從不停下自己的腳步。

有些大人如果看見自己的孩子在嘲笑卡爾瓦里奧,會趕緊上前制止他們這無知的行為。有時候家長們還會用自己的巴掌嚇唬調皮的孩子們。卡爾瓦里奧的妻子則對他說:「你不能總是溺愛這些孩子,你應該對他們進行教育,讓他們懂得尊老愛幼,不然,以後這些孩子肯定會出問題。教育孩子最好的時間就是在啟蒙階段。」

卡爾瓦里奧的女兒在一所商業學校學習,同樣,她也提醒自己的父親一定要教育那些淘氣的孩子。

卡爾瓦里奧的妹妹是一個魚販子,也是一個有名的大嘴婆。

有一次,她看見一些孩子大叫著嘲笑自己的哥哥,她就跑到孩子們的家裡對他們的父母大罵一通。她說,你們這些人生下孩子怎麼不知道教育,讓他們在外面胡作非為。但是,卡爾瓦里奧卻跑過來勸阻自己的妹妹,並說他們還都是孩子,不要

一　卡爾瓦里奧

和他們計較。

小孩子們非常喜歡和卡爾瓦里奧在一起，他們總是圍繞在老頭的身旁。有時候，爬在他的肩上；有時候，趁他不注意打他的腰一下。總之，孩子們非常信任他並且喜歡和他在一起玩。

卡爾瓦里奧的名字叫得很響亮，他的名字不單單在我們村子裡知名度高，而且在其他村子裡也有很多人知道。比如，在卡普圖村、蘭熱村、新土地村、高爾夫村、羚羊村、人民村、卡倫巴村、卡增熱村、愛麗絲村、馬爾薩雷村、贊古村、卡特特村。甚至有一陣子，他的名氣還傳到市中心的村子裡，比如普倫達村、桑巴村、因孔博塔村、卡坦博路村、馬庫盧蘇村。

當然，也有一些人不是很喜歡卡爾瓦里奧的個性和為人。

無論哪裡，總有些愛生事端的人。在聖保羅村，有一個小痞子，他的名字叫雅內羅。我已經不記得他幹過多少壞事了，但我還記得卡爾瓦里奧是雅內羅的教父。

卡爾瓦里奧從小巷子裡經過的時候，雅內羅經常對著他說：「抬起你的瘸腿走路啊，老毛驢！」

雅內羅年輕的時候，總是喜歡從後面打自己教父的屁股。

一次，卡爾瓦里奧被他的舉動嚇了一跳，他還以為是有小汽車慢慢從他身邊經過。但是，當他前後左右檢視的時候，卻發現自己後面站著一個小夥子。

「媽的，你這小痞子怎麼還打我屁股，你還是小孩嗎？」他

上篇　有名氣的魚販子──澤法

　　急忙放下手中的半瓶酷卡牌子的啤酒，開始追趕雅內羅。小夥子雅內羅拔腿就跑。雅內羅像和小孩子戲耍一樣和自己的教父在那裡你追我趕的前後追逐。跑來跑去，卡爾瓦里奧總是追不上他，這個時候小夥子則看著他大喊道：「嗚嗚啦啦！」

　　與雅內羅一起玩的孩子們，也在一旁給他加油助威，一起在那裡大喊大叫：「嗚啦啦，嗚啦啦！」

　　小夥子發現甩不掉老頭子，於是，他變換了逃跑戰術。他開始使用轉圈跑的方法，以便讓老頭子感覺到勞累。當老頭子快要抓住他的時候，他便使用非常危險的動作逃跑，他們兩個人就像是在玩「丟手絹」的遊戲。老頭子卡爾瓦里奧突然聽見自己褲腿開線的聲音，接著，他被自己的褲子絆倒在地。幸好他反應及時，馬上用雙手支撐住地面，避免自己摔一個狗吃屎。小孩子們則在那裡聚精會神地看著眼前的兩個人，並且口中時不時大叫著：「噢噢噢，丟手絹！噢噢噢，丟手絹！」

　　這時，有些人從他們倆的身邊經過，一些人給老頭卡爾瓦里奧加油打氣，還有一些人看著他們倆呵呵笑。許是老頭子心裡特別生氣，因為他奔跑的速度在明顯加快。他差一點就抓住小夥子雅內羅了，可是，小夥子一溜煙跑進了前面的一條小巷弄裡。老頭子也迅速往前追，正當他跑進巷弄的時候，從巷弄裡面走來一個頭頂木薯袋子的中年婦女，這個婦女是隔壁村莊的。

一　卡爾瓦里奧

因為卡爾瓦里奧心裡非常生氣，所以他非想抓住可惡的小青年。可是，在他跑進巷弄裡時正看見那個頭頂著木薯塊的中年婦女在他的面前慢慢悠悠地走著。老頭子卡爾瓦里奧大聲喊叫，期望她聽到後可以躲遠一點，以免撞上。但是，中年婦女依舊慢騰騰地走在巷弄裡，好像聽不明白他大叫什麼。實際上，這個婦女一直在擔心自己的小買賣，這些天她的生意一直不是很好，所以現在她買了一袋子木薯塊想拿到市場上去賣。她心想，即便不能全部賣掉，也要賣掉一半，另外一半可以放到第二天再去市場售賣。她還在心中說：「哦，聖母瑪利亞！我的孩子們現在還嗷嗷待哺，我怎麼能停下工作的腳步啊。以前，孩子父親在世的時候，他們都過著無憂無慮的生活。可是，他們已經失去了父親，我失去了自己的丈夫。如果我現在不去努力工作售賣商品，我讓自己的孩子吃什麼啊？我讓孩子們穿什麼啊？我的上帝啊！如果我的丈夫馬特烏斯沒有死，我的孩子該多幸福。現在我的丈夫、孩子們的父親去世了，我們孤兒寡母遭受了多少的困難和折磨。我一定要為孩子們努力工作。」中年婦女心裡一直想著自己困難的生活，根本沒有理會卡爾瓦里奧的提醒，導致兩個人瞬間撞在一起。婦女被飛奔的老頭子撞翻在地，心裡十分生氣。她撿起被撞翻在地的鋁盆子扔向老頭子。卡爾瓦里奧看見飛來的盆子緊忙抽身一躲，躲開了飛來的盆子，盆子一下子撞在院牆上發出丁鈴噹啷的聲音。

上篇　有名氣的魚販子—澤法

老頭子卡爾瓦里奧趕緊起身哀求說：「對不起，大妹子。您別這麼激動啊。」

「你這個臭狗屎，你撞翻了我的木薯塊，我要打破你的頭！」

「大妹子！尊敬的夫人！求求您，您先別這麼激動，我跟您說到底是怎麼回事。我剛剛在追一個小痞子，他實在跑得太快了。」

但是，中年婦女卻根本沒有理會他的話，情緒仍然非常激動。

她又撿起地上的鋁盆向卡爾瓦里奧的頭上扔去。老頭子身手矯健，又一次躲了過去，盆子又一次撞在院牆上發出一聲巨響。這個中年婦女來自蘭熱村，她的動作也十分敏捷——又再一次撿起了盆子。這時，卡爾瓦里奧還在地上蹲坐著，請求這個婦女平靜下來。而她則拿著盆子狠狠地擊打了一下他的臉。看樣子，打架的場景又要在那條巷弄口上演了。

「我今天一定要把你的豬臉給打腫，你這個老混蛋！快把你的手給我拿到前面來！」中年婦女激動地說。

「大妹子，你別激動啊，你聽我把經過和你說清楚啊！你不讓我解釋清楚，大家都會誤會我啊！」卡爾瓦里奧從地上站起來說。

但是，這位中年婦女卻沒有停手，一直用盆子底部拍打老頭子卡爾瓦里奧。

「大妹子，你想報仇解恨的話，也別這樣子打我啊。你聽

一　卡爾瓦里奧

我說說事情的經過,我向你發誓,我絕對不是故意撞倒你的。你在我的心裡就像是我自己的妹子一樣,我怎麼會故意作弄你呢?我可不是那些無聊的人啊。你聽我說說事情的緣由吧。我剛才在追一個小年輕啊,就在剛剛⋯⋯」

「你想說什麼,我沒有興趣聽!」中年婦女打斷他的話,不過,情緒卻平靜了很多。

「你聽我解釋一下就清楚事情的來龍去脈了,你一直堅持不聽我的話,你讓我怎麼辦嘛!」

「老頭子,你沒有必要跟我解釋太多,現在把你撞壞的我的東西全部賠錢給我,我們所有的事情就算結束了。我不想在這裡聽你絮叨。如果你不賠錢,我們走著瞧啊。你要知道,我可不是膽小如鼠的女流之輩,我什麼事情都幹得出來。不賠錢,我把你大卸八塊。」

「大妹子,你看看,你的木薯塊完好無損啊,為什麼讓我賠錢啊?」老頭子卡爾瓦里奧解釋說。

「睜大你的眼睛看看摔在地上的木薯塊!你是肇事者,我是該事件的受害者。」

「是啊,我知道你的木薯塊掉在地上了,可是,裝木薯的編織袋並沒有破啊,它只是掉在地上而已。」

「啊!所以,你覺得自己什麼都沒有做錯,是嗎?」

「我並不是這個意思,我只是說⋯⋯」

上篇　有名氣的魚販子—澤法

「如果你覺得你自己沒有錯誤的話，你過來看看我的木薯塊。剛剛你這頭蠢驢到底做了多少混帳事！」

「大妹子，我並不是這個意思啊！」

「你快去看啊！」中年婦女威脅卡爾瓦里奧。

「大妹子，你先聽我說，行嗎？我可以賠償你的損失，我可以付錢。但是，我要把事情跟你說清楚啊！」

中年婦女立即打斷他的話：「我什麼都不想聽！」

「大妹子，你等一下，聽我說一句話，行嗎？」

「你不要說，我什麼都不想聽！」

「你現在聽我說啊，事情是這樣的……」

「你別說，我不想聽你說話！」

這時候老頭卡爾瓦里奧也失去了耐心，不快地說：「哎呀，你這是要冤死我啊！」

「我現在就走，不聽你在這裡臭貧嘴。」

「那你就走吧，我才不懼怕你的淫威。」

「我現在就走，還要把這些木薯塊全部拿到你家裡。」

「你是想訛詐我嗎？」老頭問道。

「我可沒有訛詐你的意思，這都是你自己造的孽。這是為了讓你記住這次的教訓，教會你在大馬路上怎麼尊重別人。」

「大妹子，你不聽別人的話算是有禮貌嗎？你一直在這裡罵

一　卡爾瓦里奧

罵咧咧的,你算是有禮貌的人嗎?這麼做很粗魯。別在這裡裝受害者了。」

中年婦女聽卡爾瓦里奧說她沒有禮貌,並且還是個非常粗魯的人後,她放下了手中的盆子,上前幾步抓住老頭的衣領說:「你說我粗魯嗎?你跟我說說我到底哪裡粗魯了?我哪裡粗魯?你為什麼說我粗魯啊?我哪裡像你說的粗魯?老頭,你跟我很熟嗎?為什麼說我是個粗魯的女人啊?」

她開始咆哮著拉扯老頭的衣領,還說:「你跟我說說啊!你了解我多少啊?你竟然在這裡說我是一個粗魯的女人啊!」

老頭被眼前的一幕驚呆了,只能看看過往的人們,又看看這個中年女人。

「大妹子,我沒有說你是個粗魯的女人,可能,是你聽錯我的話啦。」

「我沒有聽錯你的話,我聽得清清楚楚,你就是在說我是一個粗魯的女人。我可不是聾子,聽得清清楚楚。你想在這裡耍我玩嗎?老頭,你找錯人了。」一邊說著,這個女人一邊一直用力拉扯著老頭的衣領。卡爾瓦里奧老頭像一個提線木偶般被她拽來拽去。老頭看著這個女人心裡也十分生氣,便大聲說道:「大妹子,你先鬆開我的衣領!你這樣會把我的襯衫撕破啊。」

中年婦女大聲說:「我不鬆手,我一鬆手你就逃跑了。」

「我絕對不逃跑,求求你鬆開我的衣領,放開我的襯衫吧。」

上篇　有名氣的魚販子──澤法

可中年婦女太固執了。

「我的天，你快給我鬆手！大妹子，你快放開我的衣服，鬆手吧！」

中年婦女依舊無動於衷，兩隻手一直死死地抓著老頭的衣領。她向在場所有的人展示著作為女漢子的一面。在一旁觀看的人們都在那裡呵呵大笑，有些人樂得流出了眼淚。

旁邊一個圍觀的人高聲說：「你看看，這個大兄弟！被一個女人死死地抓住衣領走不成了。今天，老頭是怎麼回事啊？我從來沒有見過他像今天這樣老實聽話！」

眾人在議論的時候，老頭還一直被中年婦女拽來拽去。

此時，老頭有些不耐煩地說：「大妹子，你沒有聽見他們是怎麼說的嗎？你快鬆手啊，媽的，你快鬆手！」

婦女無動於衷。

「我告訴你，你快鬆手啊！」老頭想要擺脫她的糾纏，便使出全身力氣推搡中年婦女，把她推到了街邊的圍牆旁。

「哦哦哦哦哦！」旁邊圍觀的人們看到婦女還一直抓著老頭的衣領便高聲歡呼起來。

「大嘴婆妹子，快打啊！上去死死地抓住他，千萬別讓他逃跑啦！」一旁的人群吵嚷著說。他們在一旁給中年婦女鼓勁，慫恿她和老頭子打一架。

卡爾瓦里奧看到圍觀的人都在起鬨，便用了個猛力掙脫了女人，撒腿跑進了一戶人家，然後又跑到另外一條馬路上去了。

二　雅內羅

時間慢慢過去了，卡爾瓦里奧老頭也很少在大街上遛彎了。村子裡的小夥子們也覺得那件事情已經過去了，老頭已經不會再責怪他們了。但是事實上，老頭並沒有忘記小夥子們的錯誤行徑。時間一點點地流失，小夥子們依舊像以前一樣調皮，沒有任何的改變。他們像小偷一樣總是突然出現在卡爾瓦里奧的身後，然後重重地打他的屁股，然後一溜煙地逃跑。晚上，這些壞傢伙們手裡拿著燈具還到別人家裡盜竊一些財物。

由於卡爾瓦里奧老頭的視力並不是很好，他是一個老花眼；所以，他成了小夥子們糊弄的對象。一次，雅內羅悄悄地跟在卡爾瓦里奧的身後猛地敲打了一下老頭的肩膀，然後立即跑到老頭的另一邊去，嚇得老頭魂不附體。最後，卡爾瓦里奧發現是雅內羅走在他身後便想要抓住他。可是，畢竟年輕人的速度快。他看見卡爾瓦里奧在後面追拔腿就跑，還對著老頭大聲叫喊：「抬起你的雙腳。」老頭只好假裝漫不經心，卻暗地裡悄悄地挪動著自己的腳。

上篇　有名氣的魚販子—澤法

「雅內羅，快跑！小心你後面的老頭！」一旁的小夥子大叫起來。雅內羅立即又像兔子一樣在老頭的前面上竄下跳地逃跑了。老頭一直追不上年輕的小夥子；但是，他卻在小夥子的身後拚命去追，逐漸地，他們之間的距離縮小了。

「哦哦哦哦哦！加油！」一旁的小孩子們一直在給逃跑的雅內羅加油助威。

小夥子雅內羅身子非常瘦，顯得很單薄；但是，他的眼睛卻顯得很深邃。他跑起步來飛快，特別是在下坡的地段，他就像猴崽一樣，身手非常靈敏。

又有一天，雅內羅和卡爾瓦里奧兩個人冤家路窄，他們在那條熟悉的巷弄裡相遇了。這次，「厄運」降臨到雅內羅的身上。因為，村子裡剛好有一個教會的長老團在那裡開會；所以，身手矯健的雅內羅不能在那裡施展身手。他不能隨心所欲地在人群中穿梭；最終，他被卡爾瓦里奧老頭抓獲了。

卡爾瓦里奧在雅內羅的身後氣喘吁吁地追趕，跟著小夥子繞了幾個大圈後，把他生擒活捉了。他抓住雅內羅後一手攥住他的手臂，站在原地氣喘吁吁地休息了一會兒。雅內羅在上竄下跳地試圖從老頭的手中逃跑未果後，他竟用自己的頭撞老頭的肚子，用拳頭捶老頭的身體。一向脾氣溫和的老頭怒火中燒，施展一招「背麻袋」的功夫把雅內羅甩到地上，然後，拿起木棍抽打雅內羅。

這條大街上的住戶都記得這個老頭，也知道那天他撞翻中年婦女的木薯塊袋子的事情。所以，他們在一旁看著都不出聲。大家也都知道小夥子雅內羅是附近有名的小混混、小流氓。幾個經常和雅內羅在一起的小夥伴，依舊圍繞在他的身邊為他加油。

三　紛爭

時光在人們的種種議論聲中飛逝。在那段時間裡，村子裡所有的人都在議論小混混雅內羅和卡爾瓦里奧老頭的事情。其實，在那之後，卡爾瓦里奧再也不用擔心會有人突然出現在自己身後拍打自己的屁股了。那次，他教訓完雅內羅之後，沒有任何一個混混敢再嘲弄他。調皮的孩子看見他也都躲得遠遠的。

小夥子們和小孩子們看見卡爾瓦里奧的時候，他們總是對他笑瞇瞇的。然後，讓他走在前面，目送他消失在巷子的深處。小夥子們再也不敢嘲弄老頭，也不敢大喊「抬起你的雙腳」這樣的話。其實，這件事的第一責任人是卡爾瓦里奧。因為，是他在小孩子們年幼的時候溺愛他們，在他們做錯的時候又不去教育和懲戒他們；所以才縱容了這幾個小混混和小流氓。那些年幼時喜歡他的孩子們，成人後全部和他對著幹，性格也變

上篇　有名氣的魚販子──澤法

得非常叛逆。

雅內羅有一個已經成年的哥哥叫伊濟德羅。一天，雅內羅和他的哥哥伊濟德羅兩個人站在通往橋頭的路上等卡爾瓦里奧，他們準備伺機報復。當老頭走到他們面前的時候，小夥子伊濟德羅問身邊的弟弟雅內羅：「打你的人是他嗎？」

「是的，就是他！」雅內羅回答道。

老頭卡爾瓦里奧知道自己碰到麻煩了，趕緊試圖自衛。但是，畢竟伊濟德羅身強力壯，要知道他可是附近村莊有名的地痞無賴。他總是嘴裡叼著菸，手裡拿根木棍到處惹是生非，而且還非常喜歡賭博。可以說，他是一個吃喝嫖賭壞事做盡的人。還沒有等卡爾瓦里奧張嘴說話，他便用力朝著老頭的臉上「啪啪」打了兩個耳光。卡爾瓦里奧已經是過了四十歲的男人，面對眼前身強體壯的年輕人，他並不退縮，一把抓住了小夥子的腿，接著，施展一個「蘇聯大坐」順勢把他摔倒在地。於是，他們兩個人抱在一起在地上廝打起來。他們兩個人就像地上旋轉的陀螺一樣，在紅土地上轉來轉去。附近的人們聽見他們的喊打聲跑了過來，試圖勸阻他們，可是，一切都徒勞無功。大家只能站在兩個人的附近看著，像是在一旁觀看一場自由搏擊。這個廣闊的地方現在只屬於兩個混戰的男人，他們的廝打仍在繼續。他們兩個人你來我往打得不亦樂乎。突然，其中的一個人抓住另一個人的脖子，另一個人則試圖掰開那抓住脖子

三　紛爭

的手；因為，被抓脖子的人感覺自己呼吸十分地困難。兩個人的激戰持續了很長時間。

正在這時，人群中衝出一個年輕人，他是伊濟德羅的朋友。他不由分說地上前開始幫助伊濟德羅毆打卡爾瓦里奧老頭。這個年輕人叫米格爾，他整日不修邊幅，頭髮亂得像雞窩，眼睛裡總是泛著一絲血絲。他走路的時候喜歡把襯衫的兩個衣角綁在一起，露出他噁心的肚臍眼。他的褲子上面到處是破洞，還寫著很多泡妞術語。他一直想像自己是一個有錢的城裡人。

米格爾加入激戰沒有多久，兩個小混混便占了上風，控制住了可憐的卡爾瓦里奧老頭。

米格爾到來得恰是時候──他看見自己的好哥們被老頭打翻在地，他上前不由分說地在卡爾瓦里奧的肚子上狠狠地踢了兩腳；然後，用盡全身力氣抱著老頭的腰，讓他不能隨意動彈。

老頭看著眼前的兩個小流氓心想：「啊，這次我要丟臉了！今天，如果我不加把勁，猜想要被兩個小混混打死。我可不能掉以輕心……」

卡爾瓦里奧老頭覺察到自己的處境不妙，他根本沒有休息的時間，便努力地開始反擊。事實上，他沒有辦法打贏這兩個來自聖多美的年輕人。他們把老頭的襯衫撕爛，然後，重重地在他身上擊打。他們使用的拳術像蘭熱村有名的瑪麗西亞老太

上篇　有名氣的魚販子—澤法

太經常用的拳術一樣。

老頭又被米格爾摔倒在地，這一次老頭抓住了機會，在他倒地的瞬間，用腳狠狠踢了年輕人的腿，還出重拳打了他兩下。接著，他又用頭撞米格爾的肚子。他還趁機抓住年輕人的腿往後一拉，只見年輕人隨即倒地。來自聖多美的小夥子和卡爾瓦里奧又開始在地上摔跤。隨後，他們就像一開始那樣又糾纏在一起。這時，伊濟德羅趁機上前抓住老頭的腰部順勢一甩，把卡爾瓦里奧老頭扔到了一邊。可是這個時候，老頭卻沒有示弱，使了一招鯉魚打挺，一下子就站了起來。剛剛的一番打鬥讓老頭感覺自己的骨架快要散了，他再也經不起這麼摔打啦。於是，他又對他們使出了「背麻袋」式摔跤法。

「背麻袋」式的摔跤法原來是卡爾瓦里奧的強項。摔跤是他年輕時經常鍛鍊的項目，因此直到現在他也沒有忘記摔跤的基本要領。他年輕的時候，在每年的狂歡節舞臺上都會和自己的夥伴一起表演摔跤。那個時候，他是那個摔跤團隊裡的佼佼者。

「背麻袋」式摔跤法給他帶來很多的榮譽和名氣。在村子裡，人們都喜歡稱呼他卡爾瓦里奧兄弟；在外面，那些和他不熟的人則喜歡叫他摔跤英雄。如果有人想問卡爾瓦里奧有沒有毛病和缺點，我們可以告訴他，卡爾瓦里奧是一個十足的好人。如果你們不喜歡他，一定是因為不了解他的人品。那個時候，他像是這個村子的國王一樣享有很高的聲譽；而且，他的

三　紛爭

妹妹澤法也是摔跤團隊裡公認的美人胚子。

如果有人認為生活像一個球的話,那麼這個球一定是一直在旋轉的。它能把生活中的每一個片段都記錄在案。行走在生活中的人們卻只能看到生活的小部分片段。我們每一個人都是生活中的英雄。因為,我們每一個人都在努力創造生活。

卡爾瓦里奧像年輕的英雄一樣,展示著自己的功夫。他這招「背麻袋」式的摔跤法讓旁邊圍觀的人們瞠目結舌。

伊濟德羅被這招「背麻袋」式的摔跤法打得落花流水,他比自己的朋友米格爾摔得更慘──覺得自己的喘息都有些困難了。他們三人在地上摸爬滾打,掀起了地上的小石子和碎紙屑、甘蔗皮、芒果皮等垃圾。所有在場的人只敢在遠處看著他們廝打,心裡升起對卡爾瓦里奧的崇敬之情。

後來,小混混米格爾利用老頭摔倒的機會,一把從後面抓住了老頭的手臂,並死死地從身後扣住他的雙手;然後,他命令伊濟德羅從正面擊打老頭。伊濟德羅用了吃奶的力氣從地上爬起來,他感覺自己全身的骨頭都錯亂了。如果他獨自和卡爾瓦里奧老頭對打,他肯定沒有好果子吃。米格爾的到來救了他。

伊濟德羅像瘋狗一樣開始用拳頭在老頭的整個身體上,包括肚子、臉部、胸口,瘋狂地擊打。

鮮血從卡爾瓦里奧的口中噴了出來,他的眼睛也被打腫了,布滿了血絲。他覺得一陣天旋地轉。於是他放下了自己的尊嚴,

開始向那些小流氓認錯求情。他看著眼前圍觀的人群，希望能有一個人站出來阻止他們對自己的毆打。突然，在人群中有一個認識卡爾瓦里奧的人，還是他的遠方親戚，大聲說道：「這是群毆嗎？是的，這就是公開的群毆啊！他們兩個小夥子欺負一個老頭呢。」卡爾瓦里奧聽到後也大聲地喊：「他們暴力毆打我啊！他們想要殺了我啊！你們大家幫幫我啊！我快被他們打死了！哦哦哦，我快死了啊！你們看著我被活活打死嗎？求求你們幫我啊⋯⋯」但是這個時候，人們又都默不作聲了。大家都被眼前的兩個流氓嚇住了──他們正惡狠狠地盯著人群──人們只得站在那裡眼睜睜看著眼前發生的一切。

卡爾瓦里奧老頭痛得好似停止了呼救，好像上帝已經為他打開了一扇飛進天堂的大門。但他還是在那裡盡力掙扎著。最後，他用盡力氣一隻手掙脫了小混混的束縛。瞬間，他用拳頭重重地打在聖多美小流氓的身上。他這重重的一拳立即讓看熱鬧的人群轟動起來。老頭另外一隻手仍被米格爾死死地抓著，他們兩個人怒目相對。但是，年輕人畢竟是年輕人；也許，卡爾瓦里奧過於勞累，米格爾找準機會上前一下子抓住了他的脖子。兩個年輕人的拳頭又開始像雨點一樣捶打在老頭的身上。兩個小流氓嘴裡振振有詞，他們試圖讓老頭屈服。

這時的卡爾瓦里奧似乎完全沒有了還手之力，只能忍受著他們的毆打。但誰能料到呢，絕望的老頭忽然奮力一跳，施展

三　紛爭

了一招「猴子偷桃」——快速地抓住了米格爾褲襠裡的「寶貝」。

小流氓米格爾的寶貝被老頭用力一抓，疼得他立刻哇哇大叫起來，登時鬆了手。老頭則更加用力地去抓米格爾的命根子。結果可想而知，小流氓米格爾疼得渾身抽搐。

米格爾大叫：「啊啊啊，救命啊！」

一旁觀戰的人們則在那裡議論：「救命？他怎麼會叫救命呢！這個小流氓喊叫救命是什麼意思啊？」

「猜想，他是需要一根『救命稻草』啊。」

「救命稻草？」

「是啊，他就是要根『救命稻草』，要把老頭給捆起來。」

「哦，也許！他是想讓自己的朋友伊濟德羅去找一條繩子嗎？」看見伊濟德羅退出戰鬥，大家都不明白了，「他正在等他朋友的『救命稻草』嗎？」

一些村子裡的長者開始在人群中發表自己的意見和看法。長者們說，兩個小混混怎麼能在這裡毆打一個比他們年紀長的前輩呢？現在，還要去找繩子把他吊起來打嗎？這樣的舉動實在令人羞恥。儘管他們打架的時候有很多人在那裡圍觀，還會呵呵大笑；但是後來，很多人都為兩個流氓的殘忍手段感到怒不可遏。

一位老者說道：「這些年輕人現在越來越不像話了，簡直是

上篇　有名氣的魚販子—澤法

無法無天胡作非為。他們到底要怎麼對待這個老頭啊？難道這個老頭在他們眼裡是一頭豬、一隻雞嗎？」

旁邊的一個人回答說：「是啊！這兩個年輕人是這附近村子裡臭名昭彰的流氓，可以說壞事做盡。」

「是啊，他們已經不是一天兩天幹壞事了，他們總是盤踞在附近村子裡幹一些見不得人的勾當。」

這一邊，米格爾忍受不了自己的寶貝被卡爾瓦里奧用力地拉扯，一直在大聲喊叫；但是，他的嘴巴裡說出的都是聖多美的土著語「救命」，在場的人們根本不懂他的意思，只是在那裡看著小混混大喊大叫。

所有人都被眼前的一幕搞得丈二和尚摸不著頭緒，終於有人發現原來那個小混混的「老二」被老頭牢牢地攥在手裡。

「哦，你們快看！這個老頭要殺死那個年輕人啊！」

「你為什麼這麼說啊？老頭怎麼可能殺死那個混混呢？」

「你看清楚啊，老頭那隻手裡還抓著小流氓的老二。」

「啊！是嗎？不大可能吧！」

「你看看老頭的那隻手啊，他正抓著……」

「啊，我的天！他的一隻手是抓著那個小混混的寶貝。」

「哦，是啊！他的手是一直抓著米格爾的老二。」

「如果老頭一直抓著他的寶貝，猜想，小混混就沒命啦。」

三　紛爭

這時，卡爾瓦里奧老頭用飽經風霜的聲音說：「在這裡，沒有一個人願意幫我，我只能靠自己活命啦。」

米格爾大叫道：「死老頭，你快鬆開我，鬆手啊，快鬆手！」

小混混的其他朋友有上前來抬老頭腿的，有抓住他的腰試圖讓他鬆開手的；但是，這一切都是徒勞的，老頭一直死死抓住米格爾的老二不放手。

「我已經說過了，在這裡沒有人能幫我，我只能靠自己拯救自己。我是不會放開他的老二的，你們想也別想。」

「救命啊，快救命啊！」小混混米格爾又一次大叫起來。

「你這個狗老頭，你是想殺死我的朋友米格爾嗎？」一個年輕人站起身大聲叫著，並用腳狠狠地踢卡爾瓦里奧老頭的胸口。

「是哪個混蛋踢我的胸口啊？你給我小心點，等我空出手來一定要報復你。你們要是再動我一下，我就讓你們吃不了兜著走。我先把這個混蛋的老二揪下來。」

在他們激戰的時候，又有一些人趕到打架現場，但他們和另外那些早就在現場觀看的人一樣，只是眼睜睜地看著他們拳打、腳踢、頭撞，瞧著他們廝打，保持著沉默。卡爾瓦里奧見巷弄口聚集的人越來越多，終於，他鬆開了抓著米格爾老二的那隻手。隨後，他請聚集在巷弄口的人們離開；但是，大家卻不願意聽他的勸告。

卡爾瓦里奧鬆開那個混混的寶貝之後，跟蹌著慢慢地消失

上篇　有名氣的魚販子─澤法

在巷弄的深處。

這時，伊濟德羅折返回來了，他的手中拿了一根很粗的棍子──就像是卡斯特羅警官執勤時拿的警棍一樣。他大叫著：

「那個混蛋老頭在哪裡啊？快給我滾出來啊！」說著他擠進人群中搜尋老頭，一邊走一邊推搡著人們。

「那個混蛋老頭在哪裡啊？」

「小夥子，你先消消氣啊。別那麼激動啊，別給自己添麻煩了。」一個長者推著伊濟德羅說。

可是，伊濟德羅卻不聽勸。

他大叫道：「今天，混蛋老頭休想活著離開這裡！他沒有好果子吃！你們都給我讓開。」

「小夥子，你知道這裡是過不去的，你先別發脾氣了。」老者繼續說。

「他今天休想活著離開這裡，我一定要讓那個老頭得到應有的懲罰。我一定要狠狠地揍他一頓！你們快給我讓開，我要把那個混蛋老頭打扁。」

「哎呀，小夥子！你先消消氣，別激動啊！現在，你先想想自己是在哪裡啊，你想想以後你和你的朋友怎麼在這個地方生活。奉勸你們不要再打了。大家都讓你們消消氣，你們為什麼不聽大家的勸告？」一個身著軍裝的長者說道。

三　紛爭

　　人群中的一個個頭不高的中年男人站出來說:「那些年輕的小混混整天遊手好閒,你們看看他們現在都成什麼樣子了!」

　　這句話被憤怒的伊濟德羅聽到了,他反駁說:「誰說我遊手好閒啊?媽的,到底是誰說我遊手好閒?給我滾出來!」

　　「小夥子,你就別再說了!」那個個頭不高的中年男人說道,他假裝沒有聽到辱罵他的髒話。

　　「你去死吧!為什麼不讓我說啊?你不讓我說我還偏說,你能把我怎麼樣啊!」伊濟德羅罵罵咧咧地說道。

　　「你還是別說啦。」其他的人也給他忠告。

　　伊濟德羅不解地說:「不讓我說?!為什麼不讓我說啊?你們要是想管人,回家管你們的媽媽去。」

　　「伊濟德羅,請你說話放尊重一點啊!」

　　伊濟德羅說:「狗屁!我一個遊手好閒的小混混會尊重別人嗎?我就是這樣,沒救啦!」

　　老者回答說:「是啊,你說得有道理。不過,你也太過激了,還是放莊重一些。」

　　「讓我莊重一些!?你們沒有這個權利!還是把你們自己的舌頭管好再說吧。」

　　「小夥子,是你聽錯了!我們大家沒有說你遊手好閒。」老者說道。

上篇　有名氣的魚販子──澤法

「什麼，你說我聽錯了？」

「是啊，是你聽錯了。」

「沒有，我絕對沒有聽錯。你們這些人想要包庇那個混蛋老頭……你們聽著，總有一天我會讓那個老頭吃不了兜著走。他是個縮頭烏龜、王八蛋……他以為這件事這麼容易結束嗎？」

但卡爾瓦里奧和小混混的戰鬥就這樣結束了。老頭鬆開小混混的老二，並用腳重重地把小混混踢倒在地上。米格爾則依舊大叫著：「哦哦哦……你這混蛋老頭是想殺死我，以後，你如果出現在我的面前，我一定殺了你……」然後，他看著卡爾瓦里奧消失在小巷裡。

卡爾瓦里奧走進一戶人家的院子，然後，他又翻牆逃到另外一戶人家。他走起路來顯得很痛苦，有時他只能扯著晾衣繩子走路，或者扶著鐵皮圍成的圍牆慢慢走。最後，他暗自鼓勁忍著疼痛尋找到院子的出口，出了院門，消失在巷弄的深處。

卡爾瓦里奧老頭的撤出讓局面平靜了下來，人們只是站在那裡望著他離開的方向。

那個來自聖多美的混混米格爾依舊疼得躺在地上。後來，好像他們在做小時候的遊戲一樣，他被自己的同伴抬回了家中。

四　貝爾塔

　　當米格爾被同伴抬回家的時候，已經是下午五點鐘了。太陽斜掛在空中，躲藏在高高的樓房後面。彷彿，已經到了它休息的時間。

　　太陽下的人們一直不停地忙碌著。大家一直停不下來手中的工作，好像他們從未想過休息一樣。辛苦的人們一直在操勞。

　　有些人才剛剛開始自己辛苦的工作，比如，在海關碼頭、加油站、醫院、酒吧、機場等一些服務性的單位──傍晚時分，他們開啟了自己的工作時間。

　　在這個時間工作的人有很多很多，比如小混混米格爾的姐姐貝爾塔大姐。她是一個販賣水果的小生意人，不過，這時她已經在家裡休息了很長時間。平時這時間，她要麼是躲在自己昏暗的房間裡清點當天的收入，要麼是頭頂著水果筐滿街兜售水果──她總是想方設法弄一些吃食來解決當天的晚飯。那天，因為生意不好她回家的時間特別晚，她的心情非常糟糕，手裡拿著裝水果的盆子低著頭往前走。她每天都要走街串巷，每個村子都留有她的腳印。她售賣水果時從不在一個地方停留很長時間。她一直擔心自己的生計問題。不過，有時候她的運氣很不錯，在路上兜售水果時，碰見老客戶，他們會照顧她的生意的。生意好的時候她會高高興興提前回家。

不過,那天她的幸運之神離她遠去。她的水果沒有賣出一半的數量,更糟糕的是,一些梨子不小心弄丟了。丟失梨子的事情讓她難以承受,但她不知道家裡還有一個更讓她難過的消息等著她。

貝爾塔不知道自己未來的生活是怎麼樣的。但是,現在她已經感覺到自己的生活非常困難了。為了生活,她拚命地賺錢做生意,就像瘋婆子一樣每天遊走在村子的大街小巷。她不想再這麼過日子了,她已經受夠了這樣的生活。這是她在一個星期裡第二次丟失貨物了。如果這樣下去,遲早會失去自己所有的東西,水果生意也會面臨倒閉。這是她這輩子的第一份生意,她不想讓它就這樣結束。因此,她總是和自己的鄰居金吉尼亞談論她以後的生活 —— 她們兩個人可以說是同病相憐,兩人的生活都不幸福。貝爾塔是一個好人,心地非常善良。她經常問自己,為什麼總是丟錢,也許,這是上帝在懲罰她上輩子做的壞事。但是有時她又想,她這是自欺欺人。有時候,丟錢之後,她不得已只能向村子裡的大財主若昂借錢,來延續自己的水果生意。她曾以為是那些和她一起做小買賣的姐妹故意捉弄她。那段時間發生了很多讓人難以思索的事情,無奈之下她請求村裡的算命大師給她解卦。

算命人對她說,沒有任何人陷害她。和她一起做小買賣的姐妹們都是本本分分的生意人,她們的人品都很好,沒有陷害

四　貝爾塔

她的理由。

　　不過，在貝爾塔的鄰居中有個女鄰居需要特別注意。因為這個女鄰居總是說一套做一套，而且，她還是一個一毛不拔的「鐵公雞」。但是整體而言，她也不是一個很壞的人。所以，貝爾塔身邊並沒有人品很壞的惡人。也許，是命運的安排才讓她丟掉自己的血汗錢吧。她一直希望自己的運氣可以好一點，讓丟錢這類不幸的事情只能發生在夢中，不要在現實中一次次地重演。她不想厄運再次出現，但是同時，她也不懼怕厄運的出現。她心裡有充足的勇氣來面對所有的不幸。只要心裡做好充足的準備，有什麼可怕的？

　　貝爾塔不能像其他女人一樣依靠自己的丈夫過「衣來伸手飯來張口」的生活。因為，她的丈夫被關押在監獄中——已經被關押了整整十一個月，還差一個月滿一年。在她的生活中又有誰能幫助她呢？難道是她的弟弟米格爾嗎？現在的米格爾還處在學習階段，沒有工作的能力，也從來不知道幹活補貼家用。她的父親和母親都在她的故國聖多美和普林西比，日常她只能透過書信來往和父母溝通。

　　做生意的人什麼時候才是最幸福的呢？當然是他們看見自己賺到大錢的時候。但是，如果發生像貝爾塔丟錢的事，那他們的生意和生活就談不上順利和幸福了。那種感覺像是一根繩子綁在自己的脖子上般讓人難以呼吸。

上篇　有名氣的魚販子──澤法

　　當然，總是幻想不勞而獲的人是悲哀的。事實上，只有使用自己辛辛苦苦賺來的錢，人才真的會覺得開心。

　　不勞而獲的想法幾乎每一個人心中都或多或少地存在著；特別是一些失去了丈夫的女人。如果貝爾塔的丈夫沒有被關押在監獄的話，他可以幫助貝爾塔分擔生活的壓力；可是，他被禁錮在監牢中一點忙也幫不上。如果他在家中的話，他可以幫她做磚、做木匠活、蓋一間新房子……

　　貝爾塔邊抱怨邊走進自己家。她把手中的東西放在廚房裡後，便開始出去尋找自己的孩子們。她的孩子們總是喜歡待在姑姑家裡。

　　這時，幾個小夥子抬著米格爾走了進來。貝爾塔看見眼前的情況大叫了一聲：「哎呀！我的弟弟，米格爾啊！你這是怎麼啦？！誰把你弄成這樣子啊？我的上帝，聖母瑪利亞！他們到底把你怎麼了？！小屁孩伊濟德羅，到底是怎麼回事啊？」貝爾塔喜歡叫這些小夥子「小屁孩」。

　　小夥子伊濟德羅忙著照顧米格爾，沒有時間給貝爾塔解釋事情的來龍去脈。把米格爾放在房間裡後他便急急忙忙地跑出去尋找鄉村醫生。

　　貝爾塔則生氣地對著伊濟德羅的背影說：「你把話給我說清楚，我的弟弟米格爾到底怎麼啦？你聽見我的話了嗎？」

　　站在一旁的小夥子阿瑪德烏是在最後一刻才出現在他們打

四　貝爾塔

架現場的，他幫著伊濟德羅把米格爾抬回到家裡，他對著貝爾塔說：「貝爾塔大姐，你先別著急啊！」

貝爾塔則大聲說道：「阿瑪德烏，你這個小屁孩懂什麼啊？！你也沒有聽見我的問話嗎？聽著自己弟弟的哀號聲，你讓我怎麼不著急啊。現在，我只想知道這件事情的緣由。我的弟弟到底是怎麼回事，怎麼成了現在的樣子？你聽見我的問話了嗎？別在這裡給我添亂，快說話啊！」

「貝爾塔大姐，我並不是在添亂啊。」阿瑪德烏說道。

「你這不是在添亂是在做什麼啊？」

「貝爾塔大姐，你還是先安靜一下。人一著急容易激動，容易辦錯事啊。是不是啊？你先別著急。再說，已經過去的事情就不是什麼最重要的事情啦。」

「你說關於米格爾的事情已經過去了嗎？可那就是我想知道的事情啊。」

阿瑪德烏慢慢地解釋說：「貝爾塔大姐，我只能告訴您，我也是在他們快打完架時趕到現場的。至於米格爾和誰在一起廝打，我的確不是很清楚。我猜想若阿基多可能知道這件事情的來龍去脈。」

小夥子若阿基多將米格爾抬進房間之後，立即跑到院牆根的茅廁裡撒尿去了。

雅內羅的一個小夥伴急忙站出來說：「米格爾和一個老頭打

架。我們小時候經常取笑那老頭——抬起你的瘸腿走路——老頭卡爾瓦里奧！」

小夥子又急忙說：「關於這件事情的細節我也不是很清楚，不過，我們可以去問問西蒙。」接著，小夥子西蒙把這件事情的前前後後向貝爾塔做了解釋。可以說，沒有遺漏任何的細節。貝爾塔聽完他的解釋，沒有再等伊濟德羅去叫的鄉村大夫，她直接跑到自己認識的一個大夫家裡讓他幫忙來給米格爾看病。

五　埃斯特旺

埃斯特旺先生是一名醫術高超的鄉村醫生，不一會兒，他便和貝爾塔一起來到她家裡。他在進米格爾的房間之前和貝爾塔說讓她安靜一點，不要著急；但是，貝爾塔在房外走來走去，就像一隻熱鍋上的螞蟻，或是被馬蜂蜇了一樣。

過了一會兒，埃斯特旺先生從房裡出來對貝爾塔說：「大妹子，你別這麼著急了。最壞的時候都已經過去了，米格爾沒有生命危險，你別太操心了。」

「哎呀，大夫先生，您說說這叫什麼事啊？您想想，有哪個大笨蛋會跑到別人家裡打架鬥毆啊？」貝爾塔無奈地說。

聽完貝爾塔的話埃斯特旺先生笑了，他說：「大妹子，你就

五　埃斯特旺

別操心啦，打架也是他生活中的一部分嘛。」

貝爾塔雙手叉腰站在那裡大聲說：「哼！怎麼會這樣啊？」

「大妹子，別擔心，你有自己厭煩的理由，可是，這些事情都是小事。再過個兩三天，猜想米格爾便能下地走路了。再說了，生活不就是這樣起伏嘛，我的大妹子啊，面對生活你可要有耐心啊。」

「哎，埃斯特旺先生，並不是我沒有耐心啊，只是我這個家裡的煩心事實在太多了！您是不知道啊，我也從來沒有和您說過我的家事。一開始，是我的丈夫被抓去坐牢，現在又是我的弟弟和別人鬥毆。我們家裡的這些老老少少的男人們都要讓我操碎心啊！我不知道自己上輩子到底做了什麼孽啊，運氣總是這麼差啊！難不成是我殺死了耶穌基督和耶和華嗎？」

醫生安慰貝爾塔說：「哎呀，大妹子，你別胡思亂想啦。你現在唯一能做的就是平復一下自己的心情。」

貝爾塔又無奈地說：「算了吧，大夫先生。我現在真是身心疲憊。我的弟弟米格爾從來都不聽我的話。我是多麼希望他能成材，可是，現在所有的人都說他是小流氓。很多人厭惡他，甚至是憎恨他。猜想，這個孩子以後是沒有任何希望啦。」

「是啊，你說的一切都有自己的道理。將來的事情我們沒有辦法未卜先知。可是，事情發生了我們應該知道該如何解決。我們年幼的時候，父親不讓我們做一件事，我們會言聽計從。

在你小的時候，如果你的姐姐讓你做一件事情，你肯定也會馬上去做。可是，現在已經完全不同了，這個世界的一切都在變化，每個人都有自己的想法。現在，有很多小孩子已經不再尊重我們這些鬢髮斑白的老頭啦。因為，他們也已經到了做父親的年紀、成為別人兄長的年紀，他們有自己的想法和主意。他們願意做什麼，是他們的自由。如果他願意出去和別人打架鬥毆，就讓他去打架鬥毆。如果願意出去惹是生非，也讓他去惹是生非。如果想改變自己，就讓他去改變。這一切的一切時間會慢慢地證明，也只有時間才能把以前和未來做對比。時間會讓他們了解生活中所有的一切。」

埃斯特旺先生開導完貝爾塔大姐之後便和她告別了。他說第二天他會再來給米格爾做個回訪。

六　伊濟德羅

客廳裡站著很多年輕人，他們都是米格爾的小夥伴。他們站在那裡聊米格爾打架的事情。

貝爾塔則站在廚房裡，她正在為自己受傷的弟弟米格爾熬製魚湯，她一邊為自己的弟弟做魚湯，一邊嘴裡說著抱怨的話。說到傷心處她甚至想要自殺──也許只有這樣，她才能快

六　伊濟德羅

速地結束自己痛苦的生活。

小夥子馬力歐路過廚房時，聽見了她的抱怨聲。他試圖去安撫一下這個傷心的女人。他說道：「好鄰居貝爾塔大姐，你可千萬別想不開。你要想想自己還有一雙兒女需要養育，你的丈夫就快出獄了，你的弟弟也還需要你的照顧啊。」

現在，貝爾塔的情緒略略平復了些，她注意到這個小流氓團夥中的帶頭大哥。貝爾塔打斷了馬力歐的話，大聲地說：「好啦，小屁孩馬力歐，你別再說了！你別說了，聽見了嗎？我現在心裡非常生氣，你看看我的頭髮都被氣炸啦。我現在心裡很煩。你們這些小夥子都給我滾出我的家裡，順便帶上你們那些傷員，趕緊離開我的家。」

聽完貝爾塔的話，小夥子貝托急忙說：「好鄰居，您可別這麼做啊。如果你這麼做，你的弟弟米格爾一定會埋怨你的。」說著，貝托走到鍋臺處找出一根沒有燒盡的木棍點著一根香菸。

貝爾塔反問道：「為什麼米格爾要抱怨我啊？！他現在所遭受的痛苦不都是你們給他帶來的嗎？你們這些混蛋小子們！現在你們的翅膀硬了，什麼事情都敢做。你們還學會抽菸、賭博、打架鬥毆。你看看你們當中哪個人是正經八百靠自己努力工作賺錢養家？又有誰手裡的錢是乾乾淨淨的啊？」

「貝爾塔大姐，你在這裡說什麼啊？」貝托帶著無辜的表情問道。

「哼！你們這些小流氓經常出去為非作歹，以為沒人知道嗎？你在我家裡做什麼啊？難道你們不去賺錢嗎？你們不想過上豪華的生活嗎？你們的錢乾淨嗎？」

「貝爾塔，你可千萬別這樣說我。我來這裡是為了探望米格爾，我也不願意來你們家。你放心，以後我再也不來你家。」小夥子貝托大聲吵嚷著。

貝爾塔反駁道：「你要是不來我們家，我高舉雙手歡迎。難道，每次你來我家裡會給我們帶來好運氣嗎？你如果不喜歡來我們家，請你現在趕緊離開。我知道你們不願意聽我說話，可是，我還是要說一些你們不愛聽的大實話，因為，我就是一個這樣子的人。」

突然，一個叫洛洛的小夥子跑過來說：「貝爾塔大姐，不好意思打斷您一下。您別和那個小混混貝托費力了。您的弟弟米格爾叫您呢。」

貝爾塔則臉色陰沉地說：「他讓你叫我做什麼啊？你跟他說，讓他去吃屎吧！」

小夥子洛洛回答說：「我也不知道啊，您最好去看看啊。」

貝爾塔則說：「你回去跟他說，如果是想喝魚湯，讓他等一會兒，現在魚湯還沒有做好呢。」

洛洛回答說：「可能……不是魚湯的事情啊。」

六　伊濟德羅

貝爾塔不耐煩地說：「我已經給你說過了，別在這裡煩我了！」

「可是，貝爾塔大姐，最好是您親自去和他說吧，因為⋯⋯」

貝爾塔大叫一聲打斷了小夥子洛洛的話。她大叫著說：「你趕緊走吧！你別在這裡給我添亂了。你去跟他說，別給我添亂啊。你告訴你的朋友，我不想和他說話。看看你們這些狐朋狗友，早早便出去說幫米格爾找醫生醫治傷病，可是到現在也不見他請的醫生的人影。你們就是這樣一群不著調的人，你們根本不懂得生活，只知道一天到晚惹是生非找麻煩。可是，我卻總是在一旁幫你們處理棘手的麻煩，難道你們以為我每天都無所事事嗎？現在你們這幫人都被別人稱作混混、流氓、廢物。你們說說，以後你們該怎麼辦？讓我怎麼和你們在一起？你們自己好好想想，為什麼大家這樣稱呼你們，啊？你們想想到底是為什麼！你們只知道在這裡犟嘴，讓你們處理件事情卻是一團糟。即便這是最後一個大問題，也是你們這幫人自己造成的。你們說說，現在的狀況是好還是壞啊？我建議你們從哪裡來回哪裡去。你們還是鼓足勇氣趕緊從我的家裡滾出去吧。」

貝爾塔在屋外對著米格爾大聲喊道：「你要是不想在這裡待著，你就趕緊回聖多美和普林西比，回到爸媽的身邊。也許，只有他們才能容忍你現在的行為。你已經不是一個孩子了，怎麼就不能體會一下你姐姐的難處呢？這段時間我總是去我教父

的家裡幫他做家務，我從來不讓他操心，他從來沒有因為我白過一根頭髮。可是你呢？你自己好好想想，現在在這附近的村子裡有誰不認識你這個小流氓啊？你現在可以說是臭名遠颺啊……你現在的樣子讓我感到痛心。你好好想想以後的事情怎麼辦，你也不能再這麼活下去了。現在你也這麼大年紀了，難道沒有一點的羞恥心嗎？」突然，貝爾塔停了口，因為，她看到自己家的院門被人推開了──走進來了兩個人：一個是小混混伊濟德羅，另外一個是一名鄉村醫生。

貝爾塔看見伊濟德羅之後大發雷霆，整個人像瘋了一樣。她三步並作兩步跑到大門口，一把抓住伊濟德羅的手臂，將他推出大門，並且大叫道：「你給我滾出去！從我們家滾到路上去！你這個小屁孩伊濟德羅，趕緊從我的家裡滾出去……你來這裡做什麼啊？總是給我添麻煩啊……你給我滾出去啊，快走啊……你帶著你的醫生朋友趕緊離開我的家，這裡沒有人需要你的藥品和治療。出去！趕緊從我的院子裡滾出去啊！」

伊濟德羅被眼前的一幕弄得丈二和尚摸不著頭緒，但他是米格爾唯一的好朋友，雖然他不是很喜歡貝爾塔的做事風格：「貝爾塔大姐，你這是做什麼啊？」

「我讓你們出去，別進我家的院子。我不想看到你進我的家門……你們趕緊給我出去。」她邊說邊繼續推伊濟德羅。

六　伊濟德羅

小混混伊濟德羅則說：「把你的手給我拿開，你快給我鬆手！」

接著他又說：「大姐，你能不能別這樣，好不好啊？」

貝爾塔問道：「我哪個樣子啊？你說說我哪個樣子不好啊？反正我不管，請你們立即離開我的院子。你們趕緊給我出去……」

說著她又開始將伊濟德羅和醫生往門外推。

「我靠，這個娘們踩臭狗屎了。如果不是看在你是我好朋友的姐姐的分上，我早就修理你啦！」伊濟德羅說道。他的話音剛落，貝爾塔便湊到他的身邊挺著胸說：「你打啊！我看看你怎麼打我！有本事你打我試試看啊！」

瞬間，小混混伊濟德羅的心裡充滿了憤怒。這時，阿瑪德烏和若阿基多趕緊上前勸阻伊濟德羅。他們一個人推著伊濟德羅，另外一個人則抱住貝爾塔大姐。他們使出最大的力氣把兩個人努力分開。但是，貝爾塔的心裡也充滿憤怒。她展示出一個中年婦女的「勇氣」。

「你不是說要打我嗎？你打我試試。」貝爾塔高聲說。

「去吃屎吧，你這個女人真讓人討厭！」

「你才去吃屎！那狗屎是你拉的。你就是一坨臭狗屎。小流氓！」

上篇　有名氣的魚販子──澤法

「小流氓？！你說我是小流氓？！你跟我說說，我這個小流氓殺了誰？我如果是小流氓的話，為什麼你的弟弟米格爾總是跟我在一起？」

「所以，現在我在這裡警告你，以後不要再和我弟弟一起鬼混。你聽見了嗎？」

「不讓我和他在一起，為什麼？」

「因為，我的夢想快被你們這些混混毀滅了，我所有的錢和一切都快被你們毀掉啦！誰會願意自己的一切全部都成為泡影啊？也許，只有你們這些小流氓了！」

「貝爾塔，你到底在說什麼啊？我不是很懂你的意思……」伊濟德羅說道。

「立即從我的家裡出去，你這個遊手好閒的懶人……你是一個只知道生火做飯，卻不知道怎麼熄滅爐火的人。」

「貝爾塔，你趕緊去吃屎吧，好嗎？你根本就不知道怎麼討論事情，我本來不想進你的家門，只不過，現在我想去看看我的好朋友。你最好給我保持安靜！我肯定不會走，現在我已經把大夫請來給米格爾看病了，你再招惹我我就讓你去吃屎！」

「你這個混混，你趕緊去吃屎吧，馬上從我的家裡滾出去。快滾出去……你給我滾到路上去，不要再在我的家裡煩我。你這個土匪！」

「如果我是土匪的話，你的弟弟總是和我在一起，自然而然

六　伊濟德羅

他也是土匪。」

「當然，他也是一個土匪。只不過你是土匪頭目，他是被你這混蛋教壞的。你看看你這輩子都做了什麼蠢事，你讓我感到噁心。你說出去找醫生，為什麼這麼長時間你才回來？你這個小混混若再來我們家裡，我拿棍子打爛你的豬臉，讓你一輩子沒有臉見人。」

小混混伊濟德羅已經走出貝爾塔的家門了，但是聽到她剛剛的話又折返回來。看著站在傍晚昏暗光線下的貝爾塔，他高聲說：「老女人，你不是要打我的臉嗎？我靠，你現在可以試試啊！」

「怎麼了？我想打的時候就會出手！你以為我不敢打你的臉嗎？」

「貝爾塔，我對你可以說非常地尊重，因為你是我朋友的親姐姐。可是現在，你有點蹬鼻子上臉不識分寸了。我如果在這裡打你兩拳，我猜想你肯定會站不起來。」

貝爾塔聽完他的話，硬著脖子又湊到他的身邊大聲說：「你打我啊，我就在這裡！你打我啊。你說得出應該做得到啊。你怎麼不敢打啊？你打我啊！」

小夥子們又一次跑過來勸阻兩人。

馬力歐說道：「貝爾塔大姐，你別和這個年輕人一般見識啊，事情已經結束了。」

上篇　有名氣的魚販子—澤法

「小屁孩馬力歐，把你的手給我拿開。我要看看他怎麼把我打得站不起來。」貝爾塔對馬力歐說。

另外一個小夥子也走上前勸阻說：「好鄰居，貝爾塔大姐，你安靜一會兒啊！」

「我怎麼能安靜下來？你們覺得我不敢接受他的挑釁嗎？現在，我的弟弟被人打成這個樣子，你讓我怎麼安靜下來啊？你說說啊？」

小混混伊濟德羅被阿瑪德烏推到圍牆的牆角邊，讓他慢慢地安靜下來。

馬力歐又對貝爾塔說：「不管怎麼說，伊濟德羅把醫生請過來了！還是讓大夫進門看病吧。」

貝爾塔說：「這個已經不重要了，我已經請我們這裡最好的醫生埃斯特旺先生診斷過了。」

伊濟德羅搶話說：「哦，已經有醫生給米格爾診斷過病情啦；所以，你在這裡說這些難聽的話。那個時候，我拚命跑步去找醫生為米格爾看病；現在醫生終於給請過來了，你卻這樣對我們。你到底還想讓我怎麼樣啊？你的所作所為讓我為你感到羞恥。我跑了很遠才找到這位醫生──是幾公里以外的因地西納村，好不容易才把醫生請過來⋯⋯」

「好吧！我們趕緊讓醫生再為米格爾看看病吧。」一個小夥子說道。

六　伊濟德羅

「不用了，你們別管了。這都是我自己的事情，你們都不用管。我自己的事情自己會處理。我找的醫生診完病已經走了……」

「貝爾塔大姐，你還是讓醫生再進去看看米格爾的病情吧！讓米格爾好好和醫生說一下自己的病情，這樣才是最好啊！」

「不用了，我看沒有這個必要了！」

阿瑪德烏對著伊濟德羅說：「以防萬一，你還是讓醫生進去看看吧！」

「哥們，你不用在這裡說了，我覺得自己和那個中年婦女肯定有霉運。」伊濟德羅說道。

阿瑪德烏笑著說：「你拉倒吧！她能和你有什麼霉運啊？貝爾塔大姐的性格就是這樣啊。這麼長時間了，難道你還不了解她嗎？」

「不行，這個女人的家我是不會再進去了。你讓醫生進去先給米格爾診斷，然後，我再給他說事情的經過。」

阿瑪德烏生氣地說：「伊濟德羅，今天你怎麼像個娘們一般囉哩囉嗦，趕緊給我進去啊。」

「並不是我囉哩囉嗦啊，實在是那個老娘們在那裡給我添亂啊。為了不再起爭執，我覺得我最好還是離開她家。」

阿瑪德烏一板一眼地對伊濟德羅說：「是啊！不過，你自

己要在心裡想想，現在出現的很多問題都和你有關係。米格爾像是你的弟弟一樣啊，現在你就這樣走了，米格爾心裡會怎麼想？從你去找大夫，到你現在回來，還沒有和米格爾說過話。你回來之後一直在那裡和他的姐姐爭論得喋喋不休⋯⋯當然，如果你實在不想在這裡待著，你也可以走啊。不過，我們等等要開會制定一個策略。以後，也沒有人再去你家裡和你說這些事情了。」

隨後，阿瑪德烏回過頭走回院子裡。伊濟德羅獨自一個人站在那裡思考著，考慮了一會兒，他覺得自己應該留下來。

在他們開會之前，幾個人看著醫生給米格爾做診斷，他們為醫生講解事情的經過，以免他誤診。醫生走後，所有的年輕人聚在一起開會，會議的主題是：報復計畫。

貝爾塔是一個能說的女人，但是，她卻是一個刀子嘴豆腐心的女人。她的心非常善良。那天，她還給十幾個幫忙的小夥子們準備了晚飯，給他們做了美味的木薯糊糊。小夥子們也喜歡用酪梨配著木薯糊糊吃。小夥子們吃飯可謂是風捲殘雲；儘管那些天貝爾塔的生意不是很好，但是她依舊給他們準備了充足的晚飯。

黎明的時候，他們還在那裡討論──這段日子無論是星期六還是星期天，他們總會到貝爾塔的家裡陪米格爾。不然，他們會牽掛自己的朋友。每一個人都清楚自己朋友的病情。

那天，貝爾塔陪著他們一直到晚上十點鐘，後來，她終於熬不住了，就回屋睡覺了。所有的事情對於她來說，都已經過去了。她是一個從來不記仇的女人，也可以說她是一個從來不隱藏自己真實感受的性情中人，一個「巷弄裡趕豬」直來直去的女人。有矛盾，她總是當面與人直說，從不人前一套人後一套。她腦子裡想什麼，嘴上便會說什麼。她就是這樣一個真實的好女人。

貝爾塔把米格爾被打的怨氣撒在了雅內羅的身上，她想，若是哪天能抓住雅內羅，一定好好給他點顏色瞧瞧。

七　打架

第二天下午，貝爾塔氣勢洶洶地抓住了小夥子雅內羅，並且揍了他一頓。

事情是這樣的，這天，雅內羅帶來兩盒藥給米格爾。這些藥是他的哥哥伊濟德羅讓他給米格爾拿過來的。貝爾塔正在院子裡用木搓板給自己的孩子們洗衣服，她假裝沒有看見雅內羅，一直在那裡洗衣服。而小夥子雅內羅也假裝沒有看見她，直接走進她家的院子，也沒有和貝爾塔打招呼。貝爾塔急忙站起來跑過去把雅內羅攔下來，並大聲地說：「嗨，你這個小流

上篇　有名氣的魚販子──澤法

「氓！是誰讓你來我們家裡的？你難道沒有看見院子裡有人嗎？你難道不會向我們這些長輩打聲招呼嗎？你是不是不會說話啊？你拿著這些藥盒來我們家做什麼啊？」

「是我哥哥伊濟德羅，他讓我來送點藥給米格爾⋯⋯」

「你一聲不吭，招呼不打，進別人的家裡嗎？難道這裡是狗窩嗎？難道這裡是垃圾站嗎？是不是啊？說話啊，你這個小混混⋯⋯」說著，她扔掉雅內羅手中的藥，又把他往門外推，邊推邊說：「你趕緊出去啊，快滾啊！」但是，小夥子雅內羅站在那裡一動不動，哭喪著臉看著貝爾塔女士。

貝爾塔接著說：「你有聽見我的話嗎？你想就這樣站在我的眼前嗎？你以為我是在這裡拉屎嗎？啊！我在這裡拉屎嗎？」她說著就用手揪住雅內羅的耳朵。雅內羅疼得哇哇直叫，被她轟了出去。

貝爾塔說：「小垃圾，趕緊給我出去。你來這裡是給我添亂嗎？」

「我怎麼敢給你添亂啊⋯⋯你趕緊鬆開你的手，別再揪我的耳朵啦。」雅內羅捂住自己的耳朵說。

「如果以後你成了壞痞子，我一定不會放過你，你聽見了嗎？你倒是說話啊，聽見沒有？」說著，她又打了他一巴掌。

貝爾塔這一巴掌把雅內羅打懵了，整個人一下子像瘋了一樣，四處尋找可以打人的東西。雅內羅在牆角的一處找到一

七　打架

根半截的木棍,這根木棍已經在爐灶裡燒掉了半截。貝爾塔見此情形,想躲在柴火堆後面,可是柴火堆後面根本容不下一個人。然後,她又跑到牆角邊的大水桶後面。小夥子雅內羅一邊哭一邊拿著棍子追,貝爾塔根本沒有辦法躲。於是,她站在小夥子的面前用威脅的口吻說:「好啊,我看你到底怎麼打我啊!你打我試試看啊!你看我怎麼收拾你……」還沒等貝爾塔說完,雅內羅拿著半根木棍衝了過來。小夥子雅內羅以前經常拿著棍子在麵包樹上打鳥,所以自然而然,打人這麼大的物體更是不在話下了。他手中的半截木棍不偏不倚地正好打在貝爾塔的肚子上,只聽她的肚子發出「砰」的一聲。

「哎喲喲!我的肚子啊!」貝爾塔疼得大叫幾聲,「你這個小痞子,我讓你打,你還真敢打我啊!」

雅內羅打完之後,扔下手中的半截木棍開始找院子的出口。可惜他逃跑的速度還是慢了一步。貝爾塔幾步跳過去抓住了雅內羅,她非常生氣地在小夥子的屁股上瘋狂地抽打。疼得小夥子滿地撒潑打滾,坐在地上哇哇大哭起來。一場打鬥下來,累得貝爾塔大姐氣喘吁吁。後來,她看見雅內羅站了起來,但臉上沒有任何的愧疚色,這讓她感到非常生氣,她又開始像對待成年人一樣教訓雅內羅。可是,小夥子的皮肉非常粗,像是風乾的牛肉乾,手打在他的皮膚上也感覺很疼。不過,小夥子畢竟很機靈,總是能躲開貝爾塔大姐打過來的巴掌,這讓貝爾塔大姐左打不中右打也不中。

上篇　有名氣的魚販子──澤法

　　小夥子米格爾仍然感覺身子不舒服，聽到吵鬧聲，他走到屋門口便見到了這一幕。他蹲在牆角處，大聲責罵自己的姐姐貝爾塔，讓她停止教訓雅內羅。但是，處在怒火中的貝爾塔哪裡聽得進去別人的勸告。如果現在有人招惹到她，肯定沒有好果子吃。貝爾塔跑過來一把把米格爾推倒在地，米格爾站了起來，貝爾塔又一次把他推倒。這個時候的米格爾被怒火衝昏了頭腦，整個人像一頭發怒的野豬，他抓住自己姐姐的脖子，接著，一口咬在她的乳房上。貝爾塔疼得像發瘋一樣，拼了命地大叫：「哎喲喲，小米格爾啊⋯⋯哎呀呀，疼死我了！米格爾，你就這樣恩將仇報，就這樣對自己的姐姐啊！你這個孩子怎麼這樣對待我啊？你快鬆口啊，要不然要疼死我啦！⋯⋯」貝爾塔邊說邊想著把米格爾推開；但是，推來推去卻始終無法擺脫他。小夥子米格爾一直抓著她的脖子。貝爾塔則使出全身的力氣在奮力掙扎，直到她感覺頭昏腦脹體力不支，小夥子才慢慢地鬆開她的脖子⋯⋯

　　貝爾塔渾身無力地說：「哎呀呀，我的聖母瑪利亞啊！今天這個小混蛋是要殺了我啊！」

　　看到雅內羅又一次跑到了院子門口，貝爾塔跳起來一把抓住了他的襯衫，但是這次，運氣之神站在了雅內羅的身邊。由於剛剛貝爾塔的高聲喊叫，招來了很多附近的村民。他們走到兩個人的身邊說道：「貝爾塔，這個小夥子把你怎麼啦？你至於

七　打架

這麼生氣嗎？」

「鄰居大哥，你聽我說說他的行為啊！」貝爾塔解釋說。

「但是，一個小孩子能對你做什麼啊？」

「鄰居大哥，我是不會放走這個小痞子，我今天一定要好好教訓他一下。」

「貝爾塔，一個孩子能對你做什麼啊？」

「丹尼爾大哥，你別管啦。」

「大妹子，話不能這麼說啊，你要說說理由啊。」

「我靠，丹尼爾大哥，你別管了！別在這裡煩我，我好不容易才抓住這個小混混，我今天一定要好好教訓他……」但是，鄰居丹尼爾也站在那裡不依不饒，一定要問個清楚方肯罷休。他一下子抓住貝爾塔，讓她動彈不得。貝爾塔則盡全身力氣試圖掙脫。她試了一次又一次才從鄰居丹尼爾的手中掙脫。這時她看見小夥子雅內羅已經被鄰居馬特烏斯保護了起來。

「馬特烏斯先生，請你把這個小孩趕緊給我！」貝爾塔說。

「貝爾塔鄰居，他還是一個孩子啊，你為什麼這麼對他啊？」

「老鄰居，你就別說啦，趕緊把那個小毛孩給我，我不想在這裡和你浪費口舌啊。」

「行啊！但你要給我說清楚到底是怎麼回事，小夥子到底怎麼招惹你啦？」

上篇　有名氣的魚販子──澤法

「馬特烏斯，你別鹹吃蘿蔔淡操心。」旁邊的一個鄰居說道。

馬特烏斯則堅持說：「那不行啊！如果貝爾塔不把話說清楚，我不能把雅內羅給她。」

貝爾塔說：「馬特烏斯先生，你知道這個小屁孩做了什麼嗎？」

「這正是我們想知道的事情。」鄰居丹尼爾回答。

「媽的，我自己的事情你們在這裡打聽什麼啊？！」

「貝爾塔，請你說話講禮貌。聽見了嗎？要對人好好說話！」

「你讓我好好說話？這位鄰居，我想知道，你為什麼要摻和我的事情啊？」

「在這裡沒有人想摻和你的事情，但是，我們希望了解小夥子到底做了什麼不可饒恕的事情。希望你的丈夫教會你怎麼禮貌地對待其他人。他一定要好好教你學會禮貌對人，你聽到了嗎？」

「這件事情和我的丈夫沒有任何的關係，你為什麼非要把我的丈夫扯進來，為什麼啊？」

「因為你的丈夫沒有管教好你，讓現在的你變得滿嘴髒話，如此沒有教養。」

「我的丈夫沒有讓我變得沒有教養，沒有教養的人反而是你，你的女人才是真正的沒有教養。要是我的丈夫沒有管教好

七　打架

我的話,猜想你也沒有管教好你家那口子。首先,你沒有給你的媳婦做出好樣子……」

「貝爾塔,你別說了!你說的都是什麼話啊?!你這個樣子實在是太沒有禮貌了,這樣的行為太醜陋了。」另外一個鄰居上前勸阻說。

「桑塔大姐,我知道自己的行為醜陋。但是,你們這些鄰居總是在這裡多管閒事。難道是因為這可惡的小夥子是吉塔・卡佐拉老太太的外甥嗎?我才不管她。只要我抓住他非要好好教訓他不成。」

「好吧,你願意做什麼便做什麼,但是,最好在做事之前先想一下你身邊的人啊。貝爾塔,你想想我說的對不對,你想想啊。如果母親們在分娩嬰兒的時候出了意外,難道,我們還要去懲罰剛剛降生的嬰兒嗎?那樣肯定是錯誤的。至少,我自己不喜歡體罰孩子。好鄰居,你知道我的孩子們做事都中規中矩,他們總會按照我的安排去生活和工作。他們從沒埋怨過我。你要慢慢地學會原諒孩子。」

「桑塔大姐,你這麼說是什麼意思?是在這裡找碴啊,還是說我打那個小夥子是因為我自己犯了錯?」

「我們不是找碴,只不過打人不是一件好事,坎蒂塔妹子你說呢?」她對一旁的一個女人說道。

「是啊,打人肯定是不對!」那個叫坎蒂塔的女人回答說。

055

貝爾塔急忙問:「桑塔鄰居,我們已經很長時間沒有聊天了,你覺得我們是不是還要在我家裡促膝長談啊?」

「我們談什麼啊?我只是說,打人是不正確的行為啊!」桑塔回答。

「那好吧!你們做好自己本分的事情就行了,別管那麼多閒事。」

「嗨!你們大家來看看。今天貝爾塔怎麼這樣?!我只是告訴她不讓她打孩子,難道我做錯什麼事情了嗎?」桑塔委屈地說。

「你別管那麼多閒事,先管好自己再說別人吧。」貝爾塔大聲說。

「嘿,大妹子,你怎麼能這麼說話?你今天是不是吃槍藥了?難道是因為丈夫被關進監獄,弟弟被人毆打,你就憋瘋啦?你自己要是覺得有什麼問題,趕緊去看醫生。」

貝爾塔說:「我沒有什麼不合適的地方,你聽見了嗎?我自己的事情自己處理,不需要任何人在這裡指手畫腳,也不需要別人幫忙。我說得很明白了吧!」

「貝爾塔,你在這裡說什麼呢?」

「我已經說得很明白了,你們還不清楚嗎?所有的人都是只知道說說大道理的臭貧嘴。」

七　打架

「貝爾塔，我們只看見你在這裡臭貧嘴，我可從來沒有那樣的行為。」桑塔笑著說。

「好吧，你別在這裡添亂啦。」貝爾塔說道。

「貝爾塔，你說我在這裡添亂，我看是你在給自己找麻煩啊！」

「你跟我說說，我找什麼麻煩啊？」

「就是你自己在找碴啊！」

「你跟我說清楚……我們走著瞧！」貝爾塔生氣地說。

「誰給你走著瞧啊？你為什麼故意為難雅內羅啊？吉塔・卡佐拉的大外甥現在正在來這裡的路上。」

「我為什麼這麼做他自己心裡明白，我沒必要每次都重複說這件事。等那個伊濟德羅到這裡的時候，你們問問他就清楚事情的經過啦。」貝爾塔對桑塔說道。

桑塔則高聲喝道：「他來了能給我講什麼道理？我看就是你這張大嘴四處亂說。今天，如果不是我發燒很嚴重，才不會讓你這樣對待一個孩子，一定讓你吃不了兜著走。」

「你想對我做什麼啊？」

「我已經和你說過了，如果不是這幾天我在發燒，今天一定讓你吃不了兜著走。我可不像吉塔・卡佐拉大姐那麼彬彬有禮。」

貝爾塔用手拉著自己的裙子，身子微微地靠著身邊的一個人。她想離開這個是非之地了，不過在走之前，她又對著女鄰居桑塔說：「我不管你是什麼人，你就是一個光屁股的老娘們。一個不知道誰是你生父，不知道自己故鄉在哪裡，也不知道你自己是什麼膚色的混血人。」

桑塔聽見貝爾塔說出這樣侮辱她的話，怒從心中起惡向膽邊生。

「嗨，你這個不要臉的無知潑婦，看看你自己是在和誰講話吧！坎蒂塔妹子，你幫我看好孩子，別讓人欺負他。我給你說過我可不是好欺負的女人，想坐在我的頭上拉屎撒尿，沒門！我今天一定好好教訓一下你這個沒有教養的女人。」

女鄰居坎蒂塔急忙勸阻桑塔說：「桑塔，你可別這麼幹啊，你別忘了自己現在還在發高燒。別和那種女人一般見識。」

但是，桑塔已經走到貝爾塔的面前了，並且兩個人已經廝打在一起了。只見她們兩個互相用頭撞擊對方，接著，雙手亂抓、亂打、亂撓，時不時地還施展一下她們的拳擊術。兩個人一直廝打在一起，互相撕扯對方的衣服。一不小心，兩個人的乳房都裸露在外面了。她們急忙用一隻手護住乳房，另一隻手去撕扯對方的內褲。然後，她們二人拿著對方的內褲展示自己的戰果——這便是當地農村女人打架的陋習。一旁圍觀的鄰居們開始還上前勸阻兩個女人不要再打了，但是，當他們看見

七　打架

她們兩個人裸露的屁股時，感覺非常害臊，不敢上前繼續勸阻了。小孩子們和小夥子們則在一旁看得興致勃勃，他們還組成了一道人牆，故意擋住那些給她們兩個人遞送毛巾的人。兩個女人的激戰沒有持續很長時間，很快便結束了。她們兩個人的爭鬥就像是一場撕衣服比賽，因為當她們結束廝打的時候，兩個人都已經是衣衫襤褸了——她們半裸地站在那裡。

當她們兩個人鬆開對方的時候，都已經感覺到筋疲力盡了，抓著對方衣服的碎屑重重地癱坐在地上。最後，她們還約定改天再來決一雌雄。那個時候，女鄰居桑塔大姐非常地生氣，她對著貝爾塔大叫道：「一坨臭狗屎，我把你的內褲撕下來了，讓你光著屁股滿街跑……」

貝爾塔則不服輸地說：「大家都彼此彼此，你的內褲不是也在我手裡嘛！如果你沒有打夠，可以約其他時間我們再來一仗。只要我還活著……不會讓你這不黑不白的雜種日子好過。」

「哦哦哦哦哦！」桑塔的好朋友們在一旁給她加油助威。

「貝爾塔，你太不像話了。你聽聽你自己都說些什麼啊！」旁邊的一個老太太站出來，責問貝爾塔。

桑塔已經快走到自己的家門口了，聽到貝爾塔的罵聲又折返回來大聲說：「對對對！我就是個不黑不白的女人，我喜歡自己這樣的膚色。這有什麼不好？我又有什麼錯！總比你的妹妹好百倍……不就是她總到澤先生和馬內拉先生的商店裡出賣自

己的肉體嗎？！」

「嗨！桑塔，你說這事做什麼啊！」旁邊的一個中年婦女說道。

「是啊，桑塔，你別說了，快回家吧！」另一個鄰居上前勸阻說。

「我的大姪女桑塔，你生氣歸生氣；可是，不能在這裡說出那些難聽的話。鄰居之間要以禮相待，人與人之間要有起碼的尊重。看看你現在的樣子，讓我都不敢認你啦。你還是以前我認識的那個懂禮貌的桑塔嗎？你別再繼續說下去啦。」一幫上年紀的老大娘走到桑塔的面前責怪她。這時候桑塔又靠近貝爾塔身邊說：「你妹妹就是那麼骯髒！一隻不折不扣的野雞！」

一個鄰居急忙站出來說：「嗨，桑塔妹子，你閉嘴！你難道不知道什麼是羞恥嗎？」

可是，桑塔沒有聽鄰居的勸告，也沒有任何的收斂，對著貝爾塔說：「你聽見我說的髒話了嗎？我才不會同情你當野雞的妹妹，如果她需要可以讓她告訴我，我幫她找客人……」

「桑塔，說夠沒有？！你說這些惡語中傷別人，你自己心裡就舒服嗎？你罵的可不單單是貝爾塔的妹子一個人。」

「這個我不管！」桑塔繼續辱罵道，「以前，她總是跑到我家裡借玉米粉和木薯粉，我從來沒有駁過她的面子。你們現在都別摻和我們之間的事情。」

七　打架

「桑塔，你看看你是在做什麼啊？村子裡兩個年紀最大的老大媽過來請求你們停手，你以為我們在這裡是給你們加油助威的嗎？」一個女鄰居說，「你看看你們兩個人的樣子，為什麼你們不能住嘴？是不是因為你們都光著屁股，現在連自己的臉都不想要了？你們兩個人都給我聽好，誰都不能再打再罵啦！」

桑塔好像還是一直很生氣。她對在場所有勸阻她的人都沒好話。桑塔原本是一個對待他人很有禮貌的家庭主婦，可是，怎麼今天變得如此不可理喻？！

一個老太太看著桑塔說：「桑塔，大家一直以為你是教堂裡神聖的桑塔；可是今天，你讓我們看見你的另一面——魔鬼的一面啊！你讓大家太失望啦！」

「桑塔，你今天像一個瘋婆子！你的母親一定會為你感到害臊。」

「是啊，你在這裡生氣吧！」說完這些話，那些在場的成年人各自返回家裡。不大一會兒，剛剛還吵翻天的大馬路上僅剩下一些玩耍的小孩子了。

最後，桑塔大聲說：「正人先正己，再說『己所不欲勿施於人』！」

貝爾塔關閉了自家院門。這也是她這輩子第一次這麼打架。這段時間總是不順，這讓她感覺到身心疲憊，彷彿整個家快要散架啦。

上篇　有名氣的魚販子─澤法

八　瀕死

　　老頭子卡爾瓦里奧強忍疼痛從贊加多村走到了卡里安古村，最後，倒在自己家的院門口。他的腦袋重重地撞在門柱上。瞬時間，卡爾瓦里奧喪失了意識，眼睛睜得圓圓的直勾勾地看著天空。他的嘴角流出了鮮血，遍體鱗傷，穿著的衣服破爛不堪，腳上的鞋子也丟掉了一隻。現在的他像一個爛醉如泥的酒鬼。這次他被人毆打得實在不輕──被兩個人輪番攻擊啊。羅莎住在卡爾瓦里奧家的隔壁，她本來在家裡為她的孩子做魚肉飯，可家裡的玉米粉不多了；所以，她準備到老頭家裡去借玉米粉，或者是去市場上買玉米粉。當她來到老頭家家門口的時候，一不小心被躺在地上的卡爾瓦里奧絆倒在地，嚇得她大叫起來：「我的好鄰居伊薩貝爾大姐，快來看看啊！你們家要倒楣啦！你快出來啊！你的男人躺在這裡，他死在你家門口啦！」

　　這個時候的伊薩貝爾正在廚房裡清理一條海魚，準備晚上的晚餐，聽見羅莎的喊叫聲，她扔下手中的魚衝到門口。

　　「哎喲喲，我老頭子啊！你怎麼回事啊？今天出門的時候還是好好的！」伊薩貝爾看見自己的丈夫嘴裡流出了鮮血，眼神呆滯，連站起來的力量都沒有了。伊薩貝爾傷心地躺在地上邊打滾邊大聲哭起來。她哭泣的聲音很高，招引來很多鄰居。隨

後,鄰居們幫忙把老頭抬進了屋子。羅莎找來的醫生趕忙給老頭診病。看到自己也幫不上忙了,羅莎這才去市場買玉米粉,也正好去市場為老頭卡爾瓦里奧的妹妹澤法送去這個消息。澤法是一位在市場頗有聲望的漁婦。

九　澤法

這個時候的澤法正在市場販售海魚。她的攤位前擠滿了要買魚的客人,一是因為快到做晚飯的時候了,再一個是因為她出售的海魚非常新鮮。有時候,她總是忙得暈頭轉向,根本沒有抬頭的時間,也不知道自己把魚賣給了誰。要買魚的人實在是太多了,有時候,甚至場面有些混亂。她的面前放了很多錢,而她則忙得暈頭轉向,不知道東南西北。

客人們也都爭著搶著買她的魚,一會兒這邊叫,一會兒那邊喊。這一個客人在她身邊高聲說:「嗨,大妹子,你先接待一下我,我在這裡已經等了很長時間啦。」另外一個客人說:「澤法大姐,你還是先接待我吧,你看看我現在就在你面前,我想買一些黃花魚,其他的都不需要。」另一個女人也大聲說:「大妹子,麻煩你給我拿幾條石首魚,要新鮮石首魚啊。我們兩家可是老鄰居啦。」一個女人說道:「大妹子,你幫我拿一些黑格

上篇　有名氣的魚販子—澤法

魚，然後，再給我三條白姑魚。」又聽一個女人說：「大妹子，麻煩你給我拿兩筐鯛魚，這是魚錢，你先拿著啊。」接著，又聽到另外一個女人講：「澤法妹子，你接待一下我，你看看我在這裡已經等了半個小時啦。」一個女人高聲喊道：「喂，你別站我的位子啊，你沒有看見我的小盆子在這裡放著嗎？」一個聲音滄桑的女人說：「嗨，澤法大妹子，你看看，你難道不認識我嗎？我是你教父馬丁斯的表妹啊！我的老朋友，你趕緊幫我拿兩條魚，我還要馬上次家給我生病的男人做晚飯。」又聽見另外一個女人說：「澤法女士，我裝魚的袋子已經放在你面前了，他們讓我過來買竹莢魚，我的繼母指定讓我來您的攤位上買魚，她說您賣的魚新鮮。」又聽到一個女人說：「澤法妹子，今天是我教母的生日，請你賣給我幾條沙丁魚，我想拿它做烤魚……我不想一個星期吃不到我們島上獨有的風味飯。我這輩子只能吃小島上的飯，只有那樣的飯菜才可口；再說我的父親他從來都不吃別的地方的飯菜，因為他是土生土長的羅安達人。羅安達人都喜歡海的味道，所以他們喜歡吃海魚。我回去還要給我丈夫馬爾塞力諾做他喜歡的洋蔥湯，星期天的時候家裡還剩了一些沒有吃完的乾魚片。馬爾塞力諾也離不了他自己家鄉的風味。現在我的兒子也繼承了他父親的口味，也和我丈夫一樣愛吃家鄉的風味餐。當然，我孩子也繼承了我的特點，所以，今天我讓小孩跟著我到我教母的家裡給大家做沙丁魚烤魚。」澤法回答說：「大姐，你的要求我馬上滿足你。你快站在這裡，我把沙丁

九　澤法

魚拿出來給你。哎呀,魚掉在地上了,你幫忙撿起來吧。」這個女人說:「好的,我把魚撿起來了,我走了。」澤法大聲說:「大姐,你別拿走那兩條沙丁魚,牠們不是我的。」這個女人問旁邊攤位的漁婦這兩條沙丁魚是否是她遺落的。漁婦回答說不是。這個女人樂了起來,嘴裡說:「呵呵,上帝知道今天是我教母的生日,所以,特意賞賜給我兩條沙丁魚。我在這裡替我教母謝謝你們了。」這個女人在人群中轉了一圈,她不小心踩著一個女人的腳,只聽被踩腳的女人大叫道:「嗨嗨,我的大姐!你注意一點啊,你剛剛踩到我的腳了。」

「哦,對不起啊,大妹子。我剛才沒有看見你。」

「是啊,你沒有看見我,但是,也不能把我的腳趾頭踩掉。再說了,我的魚還沒有買到,反而被你踩了腳丫子,腳趾頭差點被你踩掉。你趕緊走吧。」被踩腳趾的女人很生氣,「哎呀,我的天啊,我去另外的攤位買魚吧,澤法這裡的人實在是太多了。我只想買一條沙丁魚,不能讓我像瘋子一樣往裡面擠⋯⋯我不想自己像瘋子一樣生活。為了吃頓澤法家的魚真是不容易,我站在這裡這麼長時間了。」說話間她走到了另外一個賣魚攤位前,因為這個魚攤前的客人並不多。

她從這一個攤位前又走到那一個攤位前,那些攤位前的客人都不是很多,最後,她買了一條沙丁魚,這條魚是買給她生病的小孩子吃的。

上篇　有名氣的魚販子—澤法

突然，一個不知名的女人出現在澤法的魚攤前，她看到太陽快要下山了，嘴裡大叫著：「天啊！我的運氣那麼差勁，今天準備晚飯的時間和昨天一樣又要晚啦。算啦，我不在澤法的攤位上買魚了，還是去其他魚攤看看。現在澤法一直很忙，她已經沒有空閒時間接待我啦。……你說讓我等到什麼時間啊？大妹子，我不等了。借個光，我要去另外一個攤位看看。」聽了她的話，在場的很多人都表現得很不耐煩。另外一個女人也開始發起牢騷，嘟嘟囔囔地說不買澤法的魚了。然後，兩個人便結伴來到另外一個攤位買魚。

其中的一個女人買完魚走了回來，衝著澤法大叫道：「澤法啊澤法！我們都是同一個村的人，我這個老鄉今天要好好數落你一下。你怎麼不把你的好魚賣給我啊？看看我買的魚多差勁。我是你最忠實的客人，現在你這麼對待我嗎？你給我小心點……以後如果你回到老家馬蘭熱的話，會有人把你從家裡扔出來，你可別怪我沒有提醒過你。肯定有人到時候要責罵你啦。」

這個女人的話音剛落，響起另外一個女人的聲音，她是出來給那個女人幫腔的，她大聲地跟著那個女人說：

「是啊，你說得對啊。澤法以為自己是一個大魚販子嘛。狗屁！如果不是西米尼亞·西科老太太年紀大了身體狀況不好放棄了賣魚生意，澤法的生意怎麼會這麼好？如果西米尼亞·西科老太太還在擺攤，就沒有現在這麼風光的澤法魚販啦。西米

九　澤法

尼亞‧西科老太太是一個⋯⋯」

「大姐，你還是閉嘴別說了。」一個女人打斷了大聲喊叫的女人的演講，然後對她說，「我猜想只有你喜歡那個西米尼亞‧西科老太太，在這裡的很多人不喜歡那個守財奴。即便是西米尼亞‧西科仍然在這裡擺攤賣魚，難道她能像澤法一樣照顧我們這些窮人嗎？這位大姐，你在說話之前，最好用自己的心仔細想想，自己說的話對不對，別人是否都同意你的話。你這樣不客觀地去評價一個人是不公平的。我給你一個建議，以後可千萬不能這樣胡亂評論別人。你現在看見的澤法大姐，是一個非常善良的女人，她有一顆救世主的菩薩心腸。你如果經常到教堂的話，一定會明白我說的意思——是誰把痛苦帶到這裡，又是誰把幸福帶到這裡。我們眼中看到的是一個低頭努力做生意的澤法，她為這裡的人做了多少的好事、善事？！很多次，你沒有錢買魚做飯，是誰把魚賒給你，讓你度過艱難的日子？這個人難道不是我們的澤法嗎？！再說了，有很多次澤法借錢給你買番茄和羊角豆，你忘了嗎？你自己捫心問問，她什麼時候催過你還錢啊？你們不能只記住不滿意，忘記她對你們的恩德。任何人都不能只為了自己考慮，還要慢慢學會為別人著想啊。你看看現在忙碌的澤法，她現在已經忙得暈頭轉向了，已經分不清到底是誰在付錢了，所以，你們如果想買魚也要耐心地等待，至少讓她能有喘氣休息的時間。我覺得澤法是我的聖母瑪利亞。你們想想她賒給我們多少次魚了，從沒有讓我們的

家人餓肚子。我不知道剛剛那位大姐話裡的意思,但是,我可以對你們說,在這裡再也沒有其他人能像她這樣心地善良。雖然我也正在這裡排隊買魚,可是,我不允許你們在這裡說澤法的壞話。」

當這個女人公開要求其他人不要說澤法的壞話後,便沒有人再去大肆批評澤法了。那些在澤法攤位上買不到魚的人,開始轉向其他的魚攤。但是,每一個買魚的客人到了市場都會先到澤法的魚攤前,問問是否有他們想要的魚。人們的手中拿著各種裝魚的器皿,袋子、籃子、盆子,還有一些人拿著買魚的錢。一個女人說:「澤法,我把生病的孩子放在家裡出來買魚,麻煩你先拿些魚給我吧。」又聽到另一個女人說:「澤法,我女兒是你的好朋友,就是我和我第一個丈夫生的那個女兒,你們兩個人關係還不錯,麻煩你先賣給我一些魚,你看看現在天快黑啦。」突然,又聽一個女人說:「喂,澤法,你是我鄰居的教母,你難道不認識我了?麻煩你賣兩條黑格魚給我。」一個年紀輕輕的女人對著澤法說:「澤法大姐,我是你住在郵局旁邊的姪女的好朋友,我叫安東尼卡・卡佩佐⋯⋯」一個女人也高聲喊道:「喂!澤法,你怎麼那麼慢啊?你把我裝魚的袋子拿走了,怎麼到現在也沒有裝魚給我啊?是不是現在你的客人多了,你把我給忘記了。」一個老太太輕聲說:「嗨,大妹子,你怎麼就是看不見我啊,我已經站在這裡很長時間了!大妹子,到現在你也沒有把魚賣給我!我現在什麼都不幹了,就等著你給我

九　澤法

魚。我到攤位前的時候,你說讓我稍等,你看看現在都多長時間啦……」澤法回答說:「好的,大媽!把你的袋子給我,我把你要的魚趕緊裝起來給你。」老太太高興地說:「好啊,你這樣太好啦,接著我的袋子,買魚的錢已經裝在袋子裡了,我只要雌竹莢魚……」旁邊的一個女人也順勢說:「澤法,你也拿些竹莢魚給我,我還想要些小魚和沙丁魚。」另一個女人也急忙說:「也請你幫我拿一些小魚吧。」「對不起,我想買一些帶魚,你幫我裝一些帶魚吧……如果你倉庫裡的帶魚存貨很多的話我全要啦。」一個穿黑色衣服的女人說:「哎呀!我在這裡等了三個小時啦。」旁邊的一個老漢接話說:「是啊,一開始我就在這裡等澤法接待我,可是,直到現在她也沒有給我拿我要的魚。澤法,你是不是忘記你的老客戶啦?你先停一下,接待一下我們這些老光棍們!」澤法不好意地對其他人說:「你們大家先等等吧,我先幫單身漢們拿魚,然後,我再回來接待你們啊。你們要知道,沒有人為這些單身漢做飯。」一個女人大聲說:「喂!澤法,不行,你不能那麼做。你想想,我們這些婦女還要回家給一家老小做飯、作家務。單身漢可以繼續在那裡等著,俗話說:一人吃飽全家不餓。可是,我們這些人要是回不去,家裡大人和孩子們都要喝西北風啦。」老漢則反駁說:「澤法,你別聽那些大嘴婆在這裡臭貧,你還是趕緊先給我們拿魚吧。給你袋子和買魚的錢。」接著,老漢對著身邊的一個中年婦女說:「大妹子,借個光,我把袋子給澤法遞進去。」中年婦女則說:「你

可以把你的袋子遞進去啊,可是,請你不要排在我的前面。」老漢生氣地說:「我不在你的前面,怎麼把袋子遞給澤法啊?」中年婦女則不悅地說:「那是你自己的事情,你想去哪邊買去哪邊買,我管不著啊!但是,請你不要站在我的前面。」老漢則哀求說:「大妹子,求求你啦,你給我行個方便吧!我把袋子給她遞進去。」中年婦女則不耐煩地說:「這位大哥,這麼大地方你不走,為什麼偏偏要從我這裡過啊?告訴你從我這裡過沒門。你應該知道該從哪裡過。」

當時場面十分混亂,以至澤法根本沒有聽見哥哥的鄰居羅莎在喊她的名字。羅莎大聲地喊著澤法,可是,澤法仍在那裡忙碌個不停。心裡非常生氣的羅莎用盡吃奶的力氣扯著嗓子再次喊道:「澤法大妹子!澤法大妹子!」

「哦,是羅莎大姐,我哥哥的好鄰居。你稍等一下,接待完這幾個人後,我就來拿魚給你。你別著急啊,一會兒,給你的都是好魚啊。」

「大妹子,你接待我什麼啊?我今天是給你帶口信來的,不是來這裡買魚的!我剛剛在這裡用盡力氣大聲喊你的名字,你也沒有聽見,可把我累死啦。」

澤法對著身邊的客人說:「你們大家稍等一下。」接著,又專注地問羅莎,「羅莎大姐,是什麼口信啊?」這個時候的羅莎已經十分不耐煩了,她不想再重複已經說過很多遍的話。

九　澤法

澤法大聲地問：「羅莎大姐，您有什麼口信啊？快跟我說啊。」

「是關於你哥哥卡爾瓦里奧的口信⋯⋯」

「羅莎大姐，我哥哥卡爾瓦里奧他怎麼啦？」澤法擔心地問。

「我不知道你哥哥卡爾瓦里奧現在是活還是死啊！」

「啊！我的哥哥！」澤法聽完羅莎的話雙手抱著頭，她像瘋了一樣。她對身邊的人說：「明加大姐、卡迪熱大姐，麻煩你們幫我把這些魚賣了—— 這堆魚是每條五十寬扎，大概有二十多條。其他魚的價格你們知道。哎呀，我的哥哥⋯⋯我的哥哥他快死啦。」說著，她跑著離開了市場。

「澤法大妹子，怎麼回事啊？到底發生了啥事？」澤法旁邊攤位的攤主們大聲地問。澤法的老主顧們也圍著羅莎問長問短。羅莎只好把關於卡爾瓦里奧的事情原原本本地講述了一遍。

「啊，原來是卡爾瓦里奧被一群地痞無賴群毆，以後他的日子怎麼過啊？」

「羅莎大妹子，你跟我們說說清楚，卡爾瓦里奧到底是怎麼回事？他們為什麼毆打卡爾瓦里奧？」一群人圍著羅莎問。

「哎呀，具體的情況我也不是很清楚。」羅莎回答。

「不過，地痞無賴是在光天化日之下毆打卡爾瓦里奧嗎？你們覺得這事發生在白天可能嗎？」

「哎喲，卡庫魯大妹子，你覺得地痞無賴在光天化日之下不

上篇　有名氣的魚販子—澤法

敢打人嗎？」

「他們當然敢在白天打人，沒有人說他們不敢。」

一個女人語無倫次地說：「那天，你的女兒不聽話，你不是在白天教育她？大白天教育孩子多不好啊，那麼多人都會看見。」

「去，你在這裡胡說什麼啊！」

「哎呀！猜想，現在卡爾瓦里奧已經死啦。」羅莎說道，「當時我看見卡爾瓦里奧睜著眼睛，嘴角流著鮮血。而且那個時候他已經處於昏迷狀態了。」

「羅莎大妹子，你剛剛說你只是看到卡爾瓦里奧昏死過去了，那你剛才為什麼會對澤法說出那樣的話呢？」朱莉亞問，她是澤法在市場上一個關係很好的夥伴。

「我說出什麼話啦？當時，我看見卡爾瓦里奧的時候他已經口鼻流血。我還聽說那幫地痞無賴拿著鋼絲和木棍用力地抽打他，那時他的身子都已經僵硬了。我不把自己知道的事情說出來，難道，我還說卡爾瓦里奧身體健康無比嗎？你跟我說，我該怎麼說……」

朱莉亞接著說：「是啊，我知道他們圍毆卡爾瓦里奧，可是，也不至於打死他啊。這是不可能啊！所以，你帶來的口信肯定不準確！」

「哦！所以，你覺得我帶來的口信是完全錯誤的，是不是啊？」羅莎問。

九　澤法

朱莉亞急忙說：「我並不是這個意思啊。不過，我覺得給人家傳口信不能像你這個樣子，最起碼要傳遞真實的消息。」

羅莎聽到朱莉亞的話，整個人像吹鼓的皮球，還沒等朱莉亞把話說完，她大聲地說：「你們大家聽聽，她在這裡說什麼啊？！這是我的錯嗎？！你這個大妹子是不是在和我找碴啊？！我是親眼看見了卡爾瓦里奧快死的表情的，現在，她說我帶錯了口信！我挺著孕肚來送口信給澤法，沒有人感謝我不說，我還落一身的埋怨。以後，誰還願意做好事啊？」

「我並不是說你帶來的消息是錯誤的，也沒有埋怨你的意思。我只是說……」朱莉亞急著想解釋。

但是，羅莎又一次打斷了朱莉亞的話，她大聲說：「那好吧！你覺得你和澤法關係密切，你們兩個人的私人關係非比尋常，麻煩你教我送口信該怎麼說話吧！你就趕緊教我怎麼說話吧！」羅莎雙手叉腰挺著圓圓的肚子站在那裡。

「你過來教教我怎麼說話啊，我在這裡等你！」

本來是一件非常不起眼的小事，可在這些女人的口中卻更新成了一件難纏的棘手事情。在場的人們不想看她們二人鬥嘴，也沒人在旁邊煽風點火；不然，情形會更糟。

朱莉亞有點生氣地說：「嗨，我的大姐！並不是說你無知，你聽見了嗎？也不是說你不好，應該說，都是我不好。我們不要在這裡繼續說下去了。如果你是傳播錯誤消息的人，我便是

上篇　有名氣的魚販子─澤法

那個聽了錯誤消息的受害者。」

「哼！這個世界上頭號無知的女人就是你。你是我拉出來的一坨屎，是一頭沒人管教的叫驢！你聽見了嗎？」羅莎大聲罵道。

朱莉亞很生氣：「你們大家聽聽，她在這裡說什麼啊？」

一個在市場上購買海魚的客人上前勸阻說：「大妹子，你別和那種女人爭了。你看看她現在還挺著大肚子，最好別和她一般見識啊。」

「可是，你聽聽她剛才說些什麼髒話啊！真是氣死我了，看她那樣就知道她是一個長舌婦……我今天真想給她點顏色瞧瞧，讓她知道罵人也是有代價的……」

也許是因為在懷孕期間有些興奮吧，羅莎手裡拎著袋子來到朱莉亞跟前，整個人都快挨著朱莉亞了。她對朱莉亞說：「我站在這裡你打我試試啊！還敢打我，你以為自己的屁股大嗎？」

在場所有的女人們都不想計較羅莎的粗魯行為，朱莉亞也不想和她糾纏此事。

「看看這個大妹子是怎麼回事，難道她快要瘋了嗎？大妹子，你的頭是不是給驢踢啦？」朱莉亞輕聲問。

「我已經和你說過了，我就在這裡等著。你想怎麼樣，隨便你啊。如果你屁股大的話……」羅莎冷笑著說。

九　澤法

朱莉亞說：「我的天！你給我滾一邊去。在我沒有把你的蛤蟆肚子打破之前，最好給我滾得遠遠的！」

「我想怎麼著就怎麼著，你管不著啊！」

「如果你想在這裡找麻煩，隨你的便。我可不和你一般見識。」朱莉亞說道。

羅莎則回應說：「聽她們說，你在這個市場上是一個有名的大嘴婆；聽她們說，你在這裡是一個出名的小霸王。你現在怎麼不敢打啦？難道是她們說錯……」

「嗨，大妹子。你說話的時候要注意方式方法啊，你們自己的事情，你們自己處理，別扯上我們大家！」卡迪熱急忙打斷了羅莎的話。

羅莎對卡迪熱說：「看看，這位女士也要摻和進來。你想對我怎麼著啊？」

卡迪熱說：「大妹子，我並不想對你怎麼樣啊。不過，我可不是朱莉亞那樣溫文爾雅的女人。你以為你的翅膀長硬了？惹了我，我把你的翅膀給你砍下來！我可不管你是不是懷孕什麼的。你要是知趣，趕緊給我走得遠遠的，別在這裡給我添亂。如果不小心把你弄流產了，可不是我們的責任啊。你聽見了？請不要再在這裡給我們添亂。」

另外一個漁婦勸卡迪熱說：「卡迪熱大妹子，算了吧！」明加也大聲說：「不過，那個老娘們的確不是一般人，也不知道她

上篇　有名氣的魚販子──澤法

是從哪裡蹦出來的。」

羅莎不悅地說：「這位女士，我警告你，最好不要摻和我們的事情。你還是保持沉默吧，現在你還不知道我們在說什麼；你如果想摻和進來，我也奉陪到底……」

「羅莎，你這個潑婦老娘們，你是和誰造的孩子啊？難道，你是在這裡或者是在廣場上和男人造的小人嗎？」一個女客人在市場上大聲說著，她好像是在和大家開玩笑一樣。

「這位大姐，你也想摻和到我們的戰爭中來嗎？」羅莎問剛剛說話的那女人。

那個女人撒謊說：「大妹子，我剛剛什麼都沒有說。我是在問誰在這個攤位上賣魚呢。」

「哈哈哈！」在場的女人聽見她的回答都笑了起來。

「嗨，大妹子，你說得好啊。我覺得應該讓那個瘋婆娘羅莎見識一下我們的厲害……她來這裡想買我的魚，從來不和我們打招呼。我知道她在家裡和她家的那口子鬧彆扭了。」卡迪熱說道。

「哼！她能和她的男人鬧什麼彆扭啊？！十有八九是她那口子出軌了，猜想又找了一個女朋友……」

羅莎生氣地說：「混帳東西，他找的那個女朋友就是你！以為你聲音小我就聽不見你的髒話？！你有種再大聲說一遍，讓這裡所有的人聽聽你的汙言穢語。那個混帳女朋友就是你啊！」

九　澤法

「既然,你聽見了我的話,你能把我怎麼樣!」

卡迪熱說:「你們兩個人不要再說話啦。猜想,羅莎現在的頭很疼,因為她的丈夫從來不在自己的家裡睡覺。所以,誰知道她肚子裡的孩子是誰的啊?對不對,大妹子?」

羅莎摸了摸自己鼓起的肚子,然後往一邊吐了口口水,她這樣回答卡迪熱:「我丈夫睡不睡在家裡,你猜啊?也許,只有你們這種女人才會收留其他野男人到自己的家裡睡覺,猜想,我丈夫也在你的家裡睡過覺。」

「是啊,我覺得也是這樣啊。你丈夫早就厭煩了你這樣的女人啦。你瞧瞧自己的樣子,是不是想男人快要想瘋啦!」

「哈哈哈,她就是個瘋婆子!」在場的漁婦都在嘲笑羅莎。

羅莎大聲說道:「你們注意聽著,我自己的男人我管教得非常好。至於他白天晚上在不在家,我並不關心。我充分相信自己的男人。」

「我呸!你能管教好你的臭男人,簡直是活見鬼啦。」

「哈哈哈!她說的都是狗屁話啊!」漁婦們又開始議論紛紛。

羅莎像瘋了一樣大發雷霆,她大聲說:「你們都去死吧,你們這幫垃圾!你們覺得我會為了你們這些人的話不好意思嗎?我才不會。你們聽見了嗎?我是否清白我心知肚明。可你們這些人呢?在市場、在海邊,和那些白種人大貨車司機幹了多少不可告人的勾當啊。所以,我們心裡都清楚到底誰才是真正的

野雞。我只是把真相給你們說出來。」

一個和白人在海邊發生過矛盾的漁婦站起身扯著嗓子喊：「我的天，你這個混蛋潑婦！你說是誰在這裡幹出下流勾當啊？你說的那個和白人大貨車司機在海邊幹出賣淫勾當的女人是誰？你說明白了！你回答我，你到底是在說誰？不然，我把你的舌頭給你割掉！」

羅莎頓時像洩了氣的皮球一樣，瞬時間轉變了口氣：「你要割我的什麼啊？」

「舌頭。我要把你的舌頭給你割下來，看你以後還怎麼壞話滿天飛。」

「大妹子，你可別做傻事啊。」一旁的女人們上前勸說。

「你看看羅莎這個大妹子，挺著個大肚子還要和別人打架嗎？真是不自量力。姐妹們，我們大家還是饒了她吧。我們看在她肚子的分上，也不能和她動武。如果真想教訓她，等她把孩子生下以後再跟她比試吧。你們說是不是啊？你們都是當媽媽的人，難道不知道作為孕婦的難處嗎？大家散了吧……」

羅莎說：「誰用你們體諒我？我才不稀罕。」正在大家吵吵嚷嚷的時候，有三個女人已經走到了羅莎的身邊，開始對她推推搡搡。其中一個女人還弄破了羅莎的袋子。

一個女人對著羅莎大罵道：「你這個瘋婆子！瞧瞧你這小身板，猜想你受不了我一拳。你還想和誰動武啊？」

另外一個女人隨聲附和道:「你看看她那樣子,瘦得只剩下骨頭。我們要弄死你像踩死一隻螞蟻一樣容易。別再讓我在卡爾瓦里奧的家裡看見你,小心你的腦袋。」

「嗨嗨!你們在這裡做什麼?」一位上年紀的老太太大聲喊道,「你們大家就是這樣為人處世的嗎?如果你們讓羅莎離開市場就不會發生這件糗事!你們回想回想自己說的話,連我都為你們感到羞恥。你們為什麼會變成這樣子?」

「老太太,我們沒有難為她的意思,只不過她太讓人生氣了。您不知道剛剛她說了些什麼難聽的話。我們只是想修理她一下。」

老太太緊皺眉頭說:「你們為什麼要修理她?大家說過的話讓它隨風飄走吧。過去的事情讓它過去吧,你們大家說是不是?再大的問題會來,它肯定也會走。我們不要想得太多。」

「是啊,老太太,你說得對啊。好吧,我們大家都散了吧。」一個女人高聲對在場的人們說。

十　羅莎

澤法趕到自己哥哥家裡時,看見很多人在哥哥家裡進進出出。他們大都是哥哥的鄰居,有些人站在大門口,有些人站在大馬路上,但大家都在談論著卡爾瓦里奧被毆打的事情。當大

上篇　有名氣的魚販子──澤法

家看見澤法的時候,他們都跑上前去詢問澤法事情的緣由。

這時的澤法心情已經平靜了很多,她靜靜地聽著哥哥鄰居們七嘴八舌的講述,然後她也說出了自己所知道的事情。當她走進屋裡的時候,她的哥哥卡爾瓦里奧正斜躺在一張竹蓆上呻吟著。一旁的嫂子伊薩貝爾正拿著一塊熱毛巾給哥哥清理傷口。後來,卡爾瓦里奧把事情原原本本、仔仔細細地給在場的人們講述了一遍。澤法聽完哥哥的講述,氣得像一隻夯了毛的母雞。接著,她又責怪自己的哥哥當初沒有教育好那些小孩子們,總是那麼溺愛孩子。

說實話,關於卡爾瓦里奧被打的事情,人們都不知道該說些什麼──無論是親人、鄰居,還是那些不熟識的人。

雖然,他們大家都不知道該說些什麼,但是,老頭卡爾瓦里奧被打的這件事並沒有就此了結。

澤法每次回到娘家的時候,總是喜歡長篇大論地講些人生大道理。

這一次澤法說:「土匪並不是從天上掉下來的,土匪像我們每個人一樣,也是慢慢成長起來的。他們有可能是我們的丈夫,有可能是我們的兒子──有可能是我們的親朋好友。所以,我們其實不用感到害怕,大家只是對他們不了解而已。但是,如果我哥哥跟你們說自己已經非常了解這些土匪了,我可以告訴你,他真是想錯了。因為,我知道那些土匪做過什麼傷

十　羅莎

天害理的齷齪勾當。我的親哥哥,如果有一天再發生類似的情況,你一定抓住他們的『老二』,我會手起刀落一個一個地把他們的寶貝切下來;不然,我就不叫澤法這個名字了。再說,用棍子打人不是土匪的專長,我也想讓那幫土匪嘗試一下被打的滋味。」

澤法那些販賣海魚的姐妹們這時也趕到了卡爾瓦里奧的家中。她們了解到事情緣由的時候,天色已經變得昏暗。卡里安古村村委會裡的燈亮了起來,接著,很多家庭的燈也亮了起來。遠遠望去,昏暗的燈光彷彿是一隻隻躍動的螢火蟲,它們慢慢地出現在村子的各個角落。姐妹們坐在一起商量要制定一個抓捕毆打老頭卡爾瓦里奧小流氓的方案。在她們回家之前,她們決定了抓捕小混混的時間。

當羅莎再次來到卡爾瓦里奧家的時候依然非常生氣。那時,漁婦們剛剛離開,所以,並沒有和她碰面。她來這裡是為了尋找和她發生過口角的女人,可是卻一無所獲。她不得不走進屋裡準備和那個躺在蓆子上的病人卡爾瓦里奧理論一番。

「伊薩貝爾鄰居,那些女人們走了嗎?」羅莎問道。

「是啊,羅莎,她們早走了。羅莎妹子,發生什麼事情了嗎?」

「沒事,已經過去了就不想再提了。」

「羅莎妹子,到底發生了什麼事情?什麼過去了就不再提

上篇　有名氣的魚販子─澤法

了？她們都走遠了，有什麼事情你說吧。托尼，不行你現在去幫羅莎叫一下那些魚販。」

「不用，不用了……托尼，你不用去找她們，不過，你去幫我找一下澤法。你說是神父叫她過來的，快去啊。」羅莎對托尼說。

「事情當然沒有過去，到底怎麼回事啊？托尼，你也不要去叫澤法。」

伊薩貝爾不喜歡那種躲躲藏藏式的交談，所以，有些著急地說：「好鄰居羅莎，如果讓我評選世界上最好的女人的話，你肯定不在我之後。我會義無反顧地選擇你。所以我的好鄰居，你在我的心裡像是我的親人一樣，你在我的眼裡已經不是我的鄰居那麼簡單。我的丈夫出事後，你不顧自己懷孕挺著大肚子跑到市場上送消息給我小姑子，在我們這些鄰居當中，還有誰願意像你這樣來幫我呢？我捫心自問，這樣的人沒有了。我給你講這些話，並不是我想討好你，也不是我自己油嘴滑舌；我只是想讓你知道，你在我的心裡早已經不是我的鄰居，而是我的親人。現在，你的心裡有什麼解不開的疙瘩和心事，你痛痛快快地講出來，我不喜歡別人說話遮遮掩掩。你這樣子我覺得大家都不舒服。」

這時，澤法和她的一個摯友回來了。見到澤法，羅莎便把在市場上發生的事情原原本本敘述了一遍。

說完後，羅莎又笑著對伊薩貝爾說：「伊薩貝爾大姐，我已經和您說過了，這件事情已經過去了。我自己心裡明白，這件事情已經過去了。發生在市場上的糗事我也不想再提了。雖然，這事讓人氣得咬碎鋼牙，可是，她們的行為不會對我們的友誼產生任何的影響。」

「那就好啊……如果是這個樣子，我們以後再也不要提這件事情了。我們大家都高興啊！」

十一　流氓

實施報復計畫的那天，澤法她們沒有想到竟然碰見了伊濟德羅那幫小混混——一邊是小混混地痞無賴組成的流氓團夥，一邊是蘇埃羅村子的漁婦們組成的報復團隊。

伊濟德羅有一個非常要好的朋友叫莫尼茲。在伊濟德羅參與過的打架中，從來沒有少過他的身影，他可謂是伊濟德羅的忠實戰友。

那天，伊濟德羅和莫尼茲兩個人偷偷地跟在老頭卡爾瓦里奧的後邊，伺機再逞凶。可是，這次他們和兩個強壯的中年漁婦撞見了——兩個漁婦正在四處尋找伊濟德羅一夥。小混混伊濟德羅覺得情形不好，想要跑去召集他的狐朋狗友，但是，他

的想法被老頭卡爾瓦里奧猜到了。老頭跑過去，站在小混混的面前，伸手抓住了他，接著，開始讓他見識自己手掌的厲害。

伊濟德羅被他打懵了，他一邊往後退一邊大叫：「你們要群毆我啊，你們要殺人啊！救命啊！救命啊！」伊濟德羅一邊叫一邊還試圖逃跑。兩個女人也圍了過來，對著他拳打腳踢，只聽到「砰、啪」的聲音。

憤怒的卡爾瓦里奧和兩個漁婦把伊濟德羅圍在中間，不停地施展著各自的「功夫強項」。一會兒把他抬起來，一會兒又把他扔到地上。隨後，又是對他一頓毒打。有人用巴掌打，有人用頭頂，還有人用做魚湯的鋁盆朝伊濟德羅的身上擊打。儘管他們三個沒有能抓住莫尼茲，但是，他們已經覺得非常知足了。

老頭卡爾瓦里奧用他身上的皮帶抽打伊濟德羅。村子裡的孩子們撿起地上的石子砸向小混混。一些不知事情原委的人們以為那個小混混是一個強姦漁婦的強姦犯，於是所有人都開始拿石子投向小混混，那情景象下雨一樣 —— 這個也是蘇埃羅村子約定俗成的對待強姦犯的懲罰方式。

小混混伊濟德羅已經被打慘了。雖然他是流氓團夥的頭頭，但是他已經經受不住了。他感到全身疼痛，便開始向卡爾瓦里奧和其他兩個女人求饒，並請在場的人們幫助他。可是，漁婦們和卡爾瓦里奧還非常生氣，三個人把伊濟德羅從頭到腳給打了一個遍。

他們三人拳打腳踢，用手中的鋁盆和皮帶不時地抽打他。伊濟德羅到後來連苦苦求饒的力氣也沒有了，還一度昏死過去。伊濟德羅以前總是和自己的狐朋狗友聚在一起為非作歹。他們盤踞在桑比贊卡村、卡普托村、馬爾薩爾村、因地熱納村和卡森加村，壞事做盡。但是，此時此刻，伊濟德羅在挨打時，他的小夥伴們卻沒有及時出現。伊濟德羅覺得自己全身的血液循環好似停止了一樣，眼睛也像是被一塊黑布矇住了，眼前一片昏暗，看見的事物都出現了重影。他就盡力去阻擋打過來的拳頭和踢過來的腿，最大限度地保護自己。但是，當他終於看到自己的同夥出現在人群中時，他一下子失去了自我防衛的力氣。與此同時，老頭卡爾瓦里奧又重重地抽了他最後一皮帶。接著，老頭便開始對付起從背後過來的其他小混混——這個時候的老頭子也失去了剛剛打人時的勇氣。

十二　女人們

在蘇埃羅村，或者說在鄉村，打架就是那個樣子。沒有人可以在廝打中保持中立，或者說左右逢源。當發生重大衝突的時候，蘇埃羅村的商店老闆布蘭科會趕緊讓所有的顧客都躲進自己的商店裡面，然後用一根很粗很長的棍子頂上店門，防止

上篇　有名氣的魚販子─澤法

流氓衝進來。有時候,他還讓顧客們將一旁的大鼓滾動過來頂住木門。屋裡的女人們手裡都拿著獵槍自我防衛,布蘭科則會跑到裡屋打電話報警。

此時,彡非常地擔心,因為,漁婦和小混混的這場戰鬥就發生在他商店的附近。他跑過去看到底發生了什麼事情——其實他心裡也很忐忑,不知道是去看好還是不去看好,但他只能看見地上蕩起了灰塵,聽見他們雙方廝打時的聲音——他們互相毆打時發出的「啪啪」的聲音,以及相互用頭頂撞對方發出的「砰砰」聲。店主猶豫著是勸阻這場戰鬥,還是該盡快逃離這是非之地。最後,他決定和他的家人待在一起,不幫任何一方。

因為,他的哥哥卡庫魯曾經和他說過,碰見此類事件要避而遠之。卡庫魯是當地的一個大商人,他曾告訴布蘭科,很多小鬥爭後來演變成家庭之間的大混戰。

布蘭科報警之後,找到一把獵槍。他拿著獵槍對準混戰的人群命令他們全部停手。但是,他並沒有開槍射擊;因為,在這混戰的人群中他看見一個熟悉的面孔——澤法,那個非常出名的魚販澤法。他是她的老主顧,他們兩個人總是能在酒吧、商店、市場、狂歡節的舞蹈秀等地方遇見。布蘭科沒有把手放在獵槍的扳機上,他對躲藏在商店裡的女人說,一個團夥的帶頭人竟然是鼎鼎大名的漁婦澤法。

漁婦們在蘇埃羅這個村子裡展示了她們自己的勇敢和氣

十二　女人們

勢。她們說，在這裡男人能做的事情，女人們也照樣能做；那些揉眼睛的男人們，會更加看不清真實的世界。人們相信，這些女人有能力把這些混蛋小流氓們打回老家。這些漁婦們身手敏捷，一會兒跳到這裡，一會兒又跳到那裡，像是田地裡健壯的野兔子。

在她們年輕的時候，她們的身體都很強壯。澤法年輕的時候，就在附近的村子裡享有美名。她的名聲非常好，因為她做事總是腳踏實地一步一個腳印。其他的漁婦也都是這樣的女人。可以說，她們在生活中的點滴證明了這一點——她們都是好女人！她們是一幫偉大的女人，一群美麗的女人，一群擁有正能量的女人。

這些漁婦大多數是來自外省的馬蘭熱，她們的美名從馬蘭熱開始傳播，當她們來到這個國家首府羅安達時，她們的美名也傳揚到這裡。雖然她們只是一幫出售海魚的生意人，可是因為她們的美名，她們可以很安全地周遊很多地方。但是，這些都是她們年輕時的事情了。現在，她們的年紀在慢慢地變大，所以，她們也都逐漸放棄旅遊了。如果不是因為今天她們出手教訓這些小混混，猜想很多人都已經忘記了她們當年的風光和趣聞軼事。如果不是因為雅內羅那個小痞子犯下了種種錯誤而導致了許多惡果，猜想很多人永遠都不會知道在這個地方還有一群漁婦組成的婦女團。也許，永遠不可能有人知道了。村子

裡的孩子們是在廣場上聽老者們講述她們當年的「英勇事蹟」的。一些孩子想追隨她們的腳步，便給自己的同伴講述澤法她們當年的「事蹟」。她們的事情在小孩子們間口口相傳，最後，村子裡幾乎沒有孩子不知道關於她們的故事，甚至有的故事遠播到其他村子裡⋯⋯現在，漁婦們在那裡跳來跳去，像田地裡強壯的野兔子。儘管她們都說自己年紀大身體也不行啦，已經不是耀武揚威的年紀了；但是，她們依舊巾幗不讓鬚眉，甚至比一些男人更俐落。

漁婦們在打鬥中都拿出了自己的看家本領。自然而然，那些「愣頭青」的小混混們被她們打得落花流水。小混混們只有眼睜睜地看著自己和同伴被這群大媽們毆打。一些小夥子一直在抱怨他們團夥的領頭人，抱怨他沒有給大家充分的準備時間以應對漁婦們。這一場打鬥對小混混們來說實在太艱難了。那幫女人們就像受到神靈的庇護和幫助一樣，戰無不勝攻無不克。也可以說，她們像是被魔鬼施了魔咒一樣。於是，小混混們在打鬥的一開始便失去了優勢。漁婦們開始尋找這個小混混團隊的帶頭人。俗話說，擒賊先擒王。這個帶頭人叫卡姆阿迪，他是一個十足的大混蛋，他所有的錢都用來買紅酒、香菸、啤酒等。最後，漁婦們抓住了這個名叫卡姆阿迪的混混頭子，她們像教訓伊濟德羅一樣狠狠地教訓了他一頓。一旁的小混混看著自己的帶頭人被一幫中年婦女毆打，慌亂了起來，不知道如何

十二　女人們

才能解救他。每個人的心裡都產生了一絲絲的愧疚感和羞辱感，臉上的表情也都很不自然。

　　突然，一個女人一巴掌把卡姆阿迪打翻在地，另外一個女人立即拿起手中的鋁盆狠狠地往他的頭上敲去──只聽見「哐哐」的聲音，混混頭子被打蒙了。他試圖逃離，並用手臂等部分抵擋她們的攻擊，可是，在他剛剛逃脫包圍圈的時候，又有另一個女人拿著鋁盆「哐」的一聲打過來。小混混只能躲避著往前逃跑，但他的後背還是重重地捱了幾巴掌。他的同夥也想上前幫他，但是卻被一個漁婦阻擋在外圍；最終，想要幫忙的小混混也只能雙手抱頭以求自保。小混混中有一個叫曾嘉的，打鬥起來非常厲害，他用腳用力踢漁婦的腳，漁婦則用自己的右手進行還擊。漸漸的，漁婦占了上風，她屢次躲過曾嘉的拳頭並對曾嘉施以重拳，打得曾嘉毫無還手之力，只能伺機從地上抓起一把沙子撒向漁婦，他以為這樣可以讓他能迅速地逃離。但是，這把沙子沒有造成任何的作用，如排山倒海之勢的巴掌還是打在了他身上。小混混曾嘉本來還想躲閃，但漁婦總是能抓住機會先發制人。所以，他被漁婦打得滿地打滾。但他也抓住了這個機會，躺在地上施展出「驢打滾」一招，使得漁婦們不能靠近他。隨後，他又伺機起身逃跑，卻不料正好和自己的夥伴不偏不倚撞在一起，兩個人都摔得四腳朝天。在場看熱鬧的人們都呵呵大笑起來。兩個摔倒的小夥子又羞又急都成了大紅臉。

上篇　有名氣的魚販子──澤法

　　此時，四處都是喊打喊殺的聲音。小混混們的人數眾多，漁婦們卻只有七個人；但是，這又能說明什麼呢？誰說過戰場上人員眾多就能取得勝利呢？有趣的是，漁婦們不單單是生氣那麼簡單。瑪麗亞・西瑪大娘和他們理論的時候，氣得狠，講話講得嘴角全是白沫，她像一頭凶猛的動物般在那裡大喊大叫、上竄下跳。直到其他的漁婦過來勸她，她才慢慢地平靜下來。站在一旁的澤法則微笑著看著大家，她說：「這些不懂事的小流氓，讓他們見識一下年輕的我們。那個時候的我們是多麼勇敢，被人打到身上根本不知道疼痛。現在，即便是來再多的小夥子我們也不懼怕啊。呵呵，說實話，我們已經很長時間沒有這麼打架啦。」

　　澤法打算跟在小混混的後面進行追擊，而老頭卡爾瓦里奧則用手比劃著讓她們抓小混混的「老二」。澤法和明加兩人用眼神交流了一下，在她們確定了方案後只要抓住個小混混，她們就用力拉扯他們的寶貝，疼得他們嗷嗷直叫。

　　明加本來就是一個愛說愛笑的大嘴婆，當她和澤法一起抓住混混的小頭頭米格爾後，她們二人合力把米格爾按倒在地上，明加大媽把手放進了米格爾的褲襠裡並大聲地說：「讓大家看看你的寶貝！我們只是想看看你的寶貝，要不然對其他小混混不公平，這一次我們一定要讓你知道我們的厲害。你這個混蛋小子壞事做盡，今天該讓你受到應有的懲罰！」小夥子米格

十二 女人們

爾用盡吃奶的力氣試圖掙脫,但是,他的寶貝卻死死地被明加抓在手裡。米格爾根本沒有還手的力氣,只能躺在地上受她們的擺弄。結果可想而知,他人生中第二次被人抓扯自己的「老二」。當他最終掙脫女人們的包圍時,整個下身陷入疼痛和麻木之中。他跳過一堵圍牆,接著又穿過一處圍牆,最後他消失在人們的笑聲中——當他逃跑的時候一直保護著自己的「老二」。漁婦們一直在後面大喊大叫地嚇唬他。那種被人扯拉寶貝的滋味,也許,只有米格爾自己知道。

後來,她們又抓住另外一個小混混,他的名字叫馬力歐。看見自己被包圍,他像瘋了一樣往外跑,那速度,好似腳下踩著「風火輪」。

再說小混混伊濟德羅,他像傷兵一樣在地上趴著——他陷入了昏厥,等他清醒以後才發現前來援助的夥伴們大都已經逃跑,只有貝托不小心摔倒在自己身旁。正當兩個傢伙惶恐不安地看著緊追不捨的漁婦時,幸運之神眷顧到了他倆——軍警開著警車趕到了。漁婦們本來打算再好好教訓一下他倆,可是看見軍警之後也都悄悄地散開了。

那個時候,一群小孩子跑到人群中間大聲地說:「軍警來了,軍警開著吉普車過來了。」在場圍觀的群眾、參與打鬥的女人以及其他人都趕緊尋找躲藏的地方,以防軍警對他們進行毆打——那段時間,政府經常來這裡「抓壯丁」;所以,在場的人

上篇　有名氣的魚販子──澤法

們都不想觸霉頭。

當軍警們跳下警車的時候，已經看不到任何人了；所以，也沒有人能夠回答他們的問題。況且由於這些軍警在詢問老百姓問題之前，總是拿著警棍不問緣由地亂打一氣；所以在軍警到達目的地的時候，只見到很多扔在地上的木棍，變形的鋁盆、鋁鍋以及皮帶、石頭、水罐等物品，當然還少不了一個塵土飛揚的戰場。

隨後，軍警走到布蘭科的商店裡，詢問他有關的情況。布蘭科說是自己剛剛打電話報的警。因為，起初他以為那幫小流氓要攻擊自己的商店。

「小流氓都跑到哪裡了？」一名上尉問道 ── 看來他是他們中官最大的一個。

蘇埃羅村的布蘭科趕緊回答說：「哦，對不起，他們也不是什麼小流氓，都是我們村子裡的一些小夥子！那幫人我自己都認識，我有問題的時候他們還能幫助我！」

「哦，那好啊！」上尉高聲說。

接著，布蘭科趕緊邀請所有的軍警到自己的商店裡，他給每名軍人拿了一瓶啤酒。軍警們每天在外風吹雨打，所以他們咕咚幾口就把一瓶啤酒喝光了。接著，他們走出了商店，並對布蘭科說改天他們一定再來。

十三　馬力歐

　　馬力歐是這個村子裡身體最強壯的年輕人之一。在他的打架生涯中，從來沒有過像今天這樣的失敗。因為，以前打架時，即便就剩他一個人，他也會堅持到最後一分鐘。很多次，他面對對方手中的木棒和刀子也能堅持著戰鬥到最後一分鐘，他從未退縮過。但是，在蘇埃羅村的這場雌雄大戰中，他卻提前結束了自己的戰鬥。馬力歐為什麼提前退縮？也可能他心裡明白自己不是女人的對手。雖然他是第一個抵達打架現場的小夥子，可是他也是第一個快速逃離現場的人。儘管身材魁梧，可是他逃跑的速度卻是這群小夥子當中最快的。在這場打鬥中堅持到最後的幾個人是伊濟德羅、貝托、阿瑪德烏、若阿基多、洛洛、馬諾-馬諾、澤菲力諾等，他們沒有一個像馬力歐那樣強壯。但是相比之下，他們卻都比馬力歐更「莽撞」。馬力歐逃跑也許是因為他見識過米格爾的遭遇。米格爾是第一個被漁婦們在廣場上擒拿住的人，也是第一個逃跑的人。但是，米格爾是米格爾，馬力歐是馬力歐。馬力歐在小混混當中的名氣很旺，但是他還不能在蘇埃羅村子裡稱王稱霸。再說，那幫勇敢的漁婦們根本不懼怕身材魁梧的馬力歐。

　　小夥子馬力歐回到家裡，坐在屋裡檢視身上的傷口，他對剛剛發生的事情感到羞愧。他自己逃跑了，可是還有很多同伴

落入了虎口。是的,可以說,是他把自己的同伴留在了「老虎的口中」。不管他們是落入「虎口」還是「鱷魚的口中」,結果是可以預料的,一定是被那幫女人狠狠地暴打一頓。

但是馬力歐又想,自己也是這個村子裡一個普通的村民,也沒有能力去對抗那麼凶悍的漁婦們。

他和其他夥伴聚集在一起的時候,所有的人都不接受他的解釋。他們已經知道他逃跑的整個經過 —— 他們聽村子的一位老者講述了馬力歐逃跑的全過程。

說實話,誰又想逃跑呢?馬力歐試圖把自己的事情給他們講述一遍,可是,他卻看到不遠處有三位老者。他們是熱熱老頭、米萊克斯老頭,最後一位是金比托老先生。

但是,這些老人怎麼會出現在這裡?他們都是蘇埃羅村子的人啊!他們都不住在這裡,怎麼會突然出現在他的面前?啊!如果真的是他們當中的一個,那他肯定是遇到鬼了。「大吉大利,鬼怪莫擾。」馬力歐一邊走一邊口中念著吉祥話。走了一會兒,大街上來了一個小夥子,他朝著馬力歐走過去對他說:「馬力歐,十萬火急啊,你聽見米萊克斯老頭在講話嗎?」

「他給你說什麼啊?米萊克斯老頭在哪裡啊?」

「他現在就在巴羅斯先生的家裡做客,他說他看見你在蘇埃羅村打架的時候灰頭土臉地逃跑了。還有另外三個小夥子,叫米格爾、卡馬內澤、明吉圖也跟著你逃之夭夭。他還說了很多

十三　馬力歐

關於你的糗事。那裡聚集了很多人呢,米萊克斯老頭坐在人群當中講述你們打架的事情啊。」

「巴羅斯先生的幾個女兒在家裡嗎?」

「我沒有看見,但是,我覺得她們應該都在家裡啊。」

馬力歐的頭好像被石頭狠狠地撞擊了一樣。他從家裡的工具箱中找到一根最粗的鋼絲繩,然後把鋼絲繩纏繞在自己的手上走出了家門。

「我從來沒有像今天這樣丟臉,而且還被那麼多人恥笑!龜孫子,今天我一定給你點顏色瞧瞧。」馬力歐嘴裡嘟囔著走了出去。

當馬力歐得知自己打架逃跑的事情,成為大家茶餘飯後八卦的新聞時,他氣得像個吹鼓的皮球,直接跑到了巴羅斯先生的家裡。也不知道是米萊克斯老頭運好還是運蹇,也不知道是馬力歐的運好還是運蹇,因為,當馬力歐趕到巴羅斯家裡的時候,米萊克斯老先生已經出門了。

「什麼,他竟然出去啦?那個老頭到底去哪裡了?」馬力歐問道。

「當然是回他自己的家了。」旁邊的朋友回答。

馬力歐並沒有做任何的停留,推開巴羅斯家的大門衝了出去。當他抵達米萊克斯家門口的時候,他敲了三下院門。只聽裡面問道:「誰啊?」

上篇　有名氣的魚販子—澤法

「是我啊！」

「你是誰啊？」屋裡人又問道。

「我是多納納的兒子馬力歐。」

「哦，那你自己進來吧。」

小夥子馬力歐進了院門。但是，他並沒有向任何人打招呼問好，而是直接問道：「這裡是米萊克斯老頭的家嗎？」卡蒂是米萊克斯老頭的老伴，她非常不喜歡這種沒有禮貌的說話方式；但是，她還是回答了馬力歐的問話。她說：「我們家老頭子米萊克斯現在不在家，剛剛出去不久。至於他什麼時間能回來我並不是很清楚，不過，我可以告訴你，他臨走之前說他要去桑比贊卡村。」

「這個該死的老頭！」當馬力歐聽到米萊克斯已經去桑比贊卡時就順口罵了一句，「我在哪裡才能找到那個老頭啊？」他靠著院牆處的一個小門站著，整個人顯得非常乖戾，彷彿要嚼碎自己的鋼牙。他接著說：「我今天一定要抓住那個龜孫子，讓他看看我真正的實力。老虎不發威，他以為我是病貓啊！」

「你說誰是龜孫子啊？你在這裡嘟嘟囔囔的也就算了；現在，你還竟然沒有禮貌、沒有教養，你以為這裡的人都死光了嗎？你在這裡說什麼龜孫子！有你這麼沒有禮貌的年輕人嗎？」米萊克斯的女人卡蒂責罵道。

「你不要在這裡添亂，我的事情和你的丈夫有關。」

十三　馬力歐

「你說我不要在這裡添亂,是嗎?一個乳臭未乾的小毛孩子還敢命令我。你說不讓我參與什麼啊?」卡蒂老太太生氣地說。

「我已經跟你說過了,這件事情和你無關,你別添亂。大媽,你聽見我的話了嗎?」

「你想對我的丈夫怎麼樣啊?難道,你要在這裡龜孫子長龜孫子短地叫下去嗎?我告訴你,我可不是好欺負的女人。」

「誰說我的兒子是龜孫子啊?」基諾卡老太太在屋裡問道。那時,基諾卡老奶奶正坐在屋裡面。

「那個小混蛋馬力歐。」卡蒂大娘回答說。

「卡蒂大娘,我可不是什麼小混蛋。」馬力歐威脅著說。

卡蒂大娘則鄭重地說:「你就是一個混蛋,而且,還是一個不折不扣的混蛋。」

「你們別吵了。剛剛到底是誰在叫我的兒子是龜孫子啊,到底誰啊?卡蒂,你難道沒有聽見嗎?你聽見我的問話了嗎?」

小夥子馬力歐試圖溜走,可是,基諾卡老奶奶已經走出了屋子。

「我已經和你說了,是馬力歐說的髒話。」卡蒂回答說。

「可是,你說的馬力歐是哪一個馬力歐啊?」

「他的媽媽叫多納納,姐姐叫特雷莎・巴央。」

「哦,是那個馬力歐啊。他是不是要瘋啦?」說著,老奶奶

上篇　有名氣的魚販子—澤法

基諾卡瞇縫著眼睛尋找著馬力歐。

「現在,他在哪裡啊?」

卡蒂扭頭去看,原來馬力歐還是趁機溜了。

「他走了。他看見你從屋裡出來了,趕緊逃跑了。」

「那個混蛋小子,從他媽媽多納納的肚子裡爬出來,是要他母親把臉丟盡嗎?真是一個道地道地的垃圾蟲。等著吧,如果讓我再次碰見他,一定讓他嘗嘗我的厲害。我教教他以後怎麼和大人禮貌地講話。馬力歐來家裡到底要做什麼啊?」老奶奶說道。

「嗨,還不是因為你兒子米萊克斯和很多人講述他們在蘭熱鎮蘇埃羅村子和漁婦們打架的事情啊!」

「你看看!我就覺得這其中一定有什麼問題。但是,事情難道可以這麼解決嗎?這幫小混混、人渣,卡蒂,你為什麼不拿啤酒瓶子把他的頭給我打破。你沒有看見那邊地上放著那麼多空啤酒瓶子嗎?至少,你要好好地教育一下那個不懂禮貌的小流氓。他就是垃圾。難道他的母親把他生下來是讓他和別人打架的嗎?我不知道多納納是怎麼教育自己孩子的。真是有人生沒人養的貨。那些女人一天到晚只知道炫耀自己得到了什麼,賺了多少錢。可是,她們卻看不見自己失去了很多有價值的東西。等著瞧吧,總有一天她們會後悔的。那些天天只知道打打殺殺的小流氓們難道以為打架是一種職業嗎?如果他們有用不

十三　馬力歐

完的力氣，為什麼不去和巨大的麵包樹比比力氣。我雖然年紀大了，可是，我的心裡很清楚。如果想在我的家裡耍流氓，他是找錯地方了……」

一個鄰居來到基諾卡的家裡想借一些玉米粉做魚湯，正聽到基諾卡說那些話，便問道：「基諾卡老太太，家裡發生什麼事情啊？」頓了頓，鄰居問，「這個時間是誰給你找不痛快啊？我來這裡是想跟你借點東西，誰不知道你是我們村子裡的大善人。他們整天都在說你是怎麼樂善好施，所以很多人都跟你一樣，每個星期都要到教堂做禮拜。但是，以後我不再去教堂啦。因為，我只要去教堂便會聽到那幫鄰居們在向上帝祈禱抱怨。所以，我再也不想去教堂了。說到一些不懂事的小毛孩更是讓人生氣，有些孩子沒有一點禮貌。比如多納納家的馬力歐，他最好為自己祈禱吧。以後，不要再讓我在大街上看見他，不然，我一定要好好收拾他——小混混，一天到晚髒話滿天飛，根本不懂為人處世。當然，我自己也是一個總講髒話的人，所以，我根本不適合去教堂裡做禮拜，我也不能忍受那裡天主教式的生活。自從我降生就從未是教堂的朋友。我喜歡這種無拘無束的生活。難道，我每天都去教堂祈禱就有人給我玉米粉吃嗎？也許，那些做做禮拜的鄰居是這麼幻想的，他們都像你一樣是虔誠的信徒啊。不過，他們有時候也會在背後戳你的脊梁骨。」

鄰居在發表完自己的看法之後，想聽聽基諾卡老太太的看法和意見，便說：「哎呀，你看看我，總是自顧自地說。到現在還沒有向你問好。老鄰居，下午好啊！」

「是啊，下午好，我的好鄰居！」

「老太太，牙疼的老毛病好了嗎？」

「哎呀，我的好鄰居啊！我的牙疼病總是時好時壞。不過，現在我的牙暫時不疼了。不過，這幾天我睡覺的質量不是很好，總是不到天亮就醒了。」

女鄰居問道：「很多事情你可千萬不要放在心上，不然容易上火啊。你剛剛是跟誰生氣呢？」

「嗨，還不是那個多納納家的小流氓馬力歐。小流氓來我們家裡找人，可是，一進門滿口的汙言穢語，一點禮貌都沒有。他為什麼那麼沒有禮貌啊？真是有人生沒人養的東西！簡直是一個垃圾！他運氣好，我的兒子米萊克斯不在，不然，有他好果子吃的。」

「哦哦！原來是這樣的啊！難道那個小流氓腦子進水了嗎？」

「什麼腦子進水啊，我猜想是他腦子燒壞啦！」

「也許是大麻在作怪。這幫小混混到底是從哪裡買到的大麻呢？這些東西只有黑社會才有啊，也只有土匪流氓才吸食大麻。」女鄰居又說道。

十三　馬力歐

「啊！你還不知道嗎？」基諾卡老太太驚訝地看著身邊的鄰居，然後她往鄰居的身邊靠了靠，輕聲細語地說，「在這個村子裡有一個小夥子專幹這種勾當，你難道不知道嗎？」

女鄰居也同樣輕聲細語地說：「基諾卡老太太，這事我真不知道！難道你知道是誰在販賣大麻？可是，你從來沒有跟我說過！我們兩家門對門，可你從來沒有跟我說過。你不跟我說，所以，我也從來都不知道這件事情啊。」

「嗨，是那個瑪達雷納的兒子，他叫博爾吉。」

「啊？！基諾卡老太太，你說的是真的嗎？」女鄰居驚訝地問。

「我跟你說的可是千真萬確啊……那個小夥子可是個十足的人渣。」

女鄰居又追問道：「基諾卡老太太，你說的是真的？為什麼他要在自己的村子裡售賣大麻給年輕人呢？」

「天底下沒有不透風的牆。這個世界上只有藏住的飯，卻沒有藏住的話。」基諾卡老太太說。

「哎呀……但是，這件事真的是博爾吉做的嗎？」

「我的好鄰居，關於這件事情我可以在上帝和聖母瑪利亞的面前向你保證，訊息完全屬實。如果我撒謊的話，就讓我……」

「但是，這件事絕對讓人難以想像啊。」

「這些都是我親眼所見。」老太太堅定地說。

上篇　有名氣的魚販子—澤法

「你親眼看見他們的勾當了？！」

基諾卡老太太抬頭看了看自己的兒媳婦，走進了院子，然後又慢慢騰騰地走回來。走到屋門口時她又小聲說：「我那個混帳兒子米萊克斯，有一次，我親眼看見他從博爾吉的手裡買了一小包大麻。」

「一小包大麻？！」女鄰居和老太太靠得更近了。老太太又降低聲音說：「老鄰居，這件事情只有天知地知你知我知，可千萬不能和其他人講啊。當時，他打開了小包，我才知道是大麻。」

「老太太，這件事情是真的嗎？」

「你聽著，這件事可千萬不能外傳啊。」老太太小心地說。

「是啊，你放心！我肯定不和任何人說。」女鄰居臉挨臉地和老太太坐在一起。

「有一次，我問我的兒子誰賣給他的大麻，又問他博爾吉來這裡做什麼……」

「到底是誰啊？」女鄰居追問說。

「就是博爾吉賣給他的大麻。」

「哎呀，我的上帝啊！這孩子為什麼要在這裡賣大麻啊？他應該知道大麻對人的損傷是多麼巨大。你說是不是啊？」女鄰居憤怒地說。

「是啊！我的好鄰居。誰不知道它的危害啊。只要抽了大

十三　馬力歐

麻，你還能留下什麼呢？我對大麻一點都不感興趣。當我的兒子回答說是博爾吉的時候，我對博爾吉說，滾出我的院子。」

「真的嗎？」

「是啊，我當時對博爾吉發威啦。讓他拿著自己的東西滾出我的家門。我警告他，在我沒有把他的頭打爛之前立即滾出我的家！……」

「是啊？」

「我的兒子跟我說，他去博爾吉那裡不是為了抽大麻，而是去幫他賣東西。你說我能相信他的話嗎？哼！」

「是啊！你說得對啊！」

「博爾吉這種人已經是沒了良心了。我一點好臉色都沒給他。」基諾卡老太太生氣地說。

「對！基諾卡老太太，這件事情你做得非常對。」

「好鄰居，在毒品方面千萬不能放之任之，因為它的危害巨大。」

「是啊，你做得非常對！如果換成是我，我也會像您一樣做。」

「我還去了那些小混混的家裡，讓他們的母親好好管教自己的孩子。告訴她們，今天你的孩子抽了大麻，明天就不知道他們能做出什麼壞事！」邊說老太太邊激動地用手拍打著身邊的土牆。

103

上篇　有名氣的魚販子──澤法

「這樣的事情在我們村子裡出現太多啦。」

「是啊！所以你想，我是在撒謊嗎？」

「我知道你說的是大實話！基諾卡老太太，您說得對啊。」

「喂，好鄰居，你一直在這裡說這件事，你忘了你來這裡是做什麼的嗎？你不是來我家裡借玉米粉嗎？你稍等啊⋯⋯」隨後，基諾卡老太太大聲叫道，「米萊克斯那口子！」

「哎呀，是啊！我忘記了來你們家是來借玉米粉的啊。」

老太太又大聲叫起來：「米萊克斯家裡的！卡蒂！這個孩子不是剛剛還在屋裡嗎？」

「也許，她剛剛出去了。」鄰居回答說。

「哦，那你稍等啊，我去給你拿玉米粉啊。」

不一會兒，老太太拿著袋玉米粉走出來，口中說：「好鄰居，我能給你的不多，因為我們家裡的玉米粉也不多「老太太，你給的這些玉米粉夠我們吃了。」女鄰居接過玉米粉，又接著說，「那好吧，我先回去了。燒飯的鍋還在火上，我在這裡耽擱那麼長時間不知道鍋裡的食物煳了沒有。」

事實上，女鄰居是想趕緊離開了，因為她聽見她的兒子在家裡大叫：「媽媽，媽媽！鍋快燒著啦。你是去哪裡聊天了⋯⋯」

鄰居邊走邊喊：「好了好了，我馬上回去啊！我出來的時候

已經把火調到最小了，怎麼會燒著啊？」

女鄰居的兒子大聲說：「你不相信趕緊回來看看，難道是我在撒謊？！」

「好好好！我馬上過來。」

十四　尋仇

小混混馬力歐從米萊克斯的家裡出來後，並沒有停止尋仇。他想，若加快腳步或許能趕上那個去桑比贊卡的米萊克斯。他對這裡的地形和街道非常熟悉，他可以走小路抄近道，當他穿過中央大街後便可以到達桑比贊卡村。忽然，他想起桑比贊卡村有一個名叫「二十俠」的團夥。很早之前，他們曾邀請馬力歐加入他們的幫派；但是，他一口回絕了。想到這裡馬力歐心中有點猶豫，他怕節外生枝。可現在他怒火中燒，導致他生氣的最大原因是他的虛榮心受到傷害，誰能澆滅他的怒火呢？到底是誰呢？馬力歐呆呆地站在大街上，他想啊，想啊，終於明白了：「啊，我知道應該去找誰算這筆帳了。這件事是因誰而起，就應該去找誰。我應該拿手中的鋼絲繩把那個傢伙捆起來，都因為他才出現這麼多的問題。」

馬力歐加快步伐趕往他們經常聚集的地方，想把雅內羅給

上篇　有名氣的魚販子—澤法

抓起來——這件事的起因是雅內羅，以至現在的自己如此狼狽不堪。所以，他想把雅內羅抓起來教訓一頓。

小夥子雅內羅在這村子裡耍滑頭是出了名的，跑起來兩腳生風。所以，想抓住他也是非常困難的。

馬力歐在附近幾個村子做過很多的壞事，所以，他打這些村子的大街小巷經過時都非常小心謹慎。小混混馬力歐愛開玩笑，但他警惕性很高，他的朋友們經常給他發送暗號，以免他被仇家報復。記得有一次，他是靠同伴西蒙·維羅斯卡的一聲口哨暗號，才避免了一場血光之災的。馬力歐到達小混混聚集地的時候，並沒有找到雅內羅。

「雅內羅去哪裡了？」馬力歐生氣地問。

「他回自己的家了！」

「混帳東西！⋯⋯他走了有多長時間啊？」

「沒有多長時間，他剛剛才回去。」

聽到這裡馬力歐朝著雅內羅家的方向跑去。看到這個氣勢洶洶、手上纏繞鋼絲繩的小夥子，小孩子們很奇怪，像看熱鬧一樣跟在他的身後。當他抵達雅內羅家的時候，他一腳把院門踢開。院門原本是虛掩了的，所以腳踢一下子便敞開了——真不知道馬力歐到底是哪條神經搭錯了，剛剛和一幫漁婦大媽們打完一仗，現在又到雅內羅的家裡發神經。

在打鬥中受傷的一些小混混當天閒來無事正聚集在雅內羅

十四　尋仇

的家裡聊天,他們或臥或坐在無花果樹下的沙地上乘涼,有的人頭上還纏著繃帶。

馬力歐站在門口,感覺自己全身都被汗水浸透了,猜想流出的汗水足足可以裝滿兩個啤酒瓶。在自己的同伴面前,馬力歐心中沒有了憤怒,只剩下愧疚和難為情。

一些同伴眼睛直勾勾地看著他,另一些同伴則假裝躺在地上睡覺沒有看見他。當時的場面十分尷尬,馬力歐只能鼓足勇氣給自己找個臺階下,他大聲說:「那些孩子沒有跟我說你們大傢伙都在這裡……」

「哎喲喲!你們快看看我們的大英雄馬力歐來啦。」一些人大叫著。

「哦,他是逃跑健將馬力歐,或者是翻圍牆高手,還是跨欄冠軍馬力歐啊!」

「靠,你們少在這裡說風涼話,好不好?如果你們想打一架,我奉陪到底。」馬力歐威脅說。

一些小夥子不再出聲了,保持沉默。另一些當時在場的小混混們則一直囉嗦不停:「不知道你們相信嗎,我猜他這次過來是要教訓雅內羅。」

「你們幾個趕緊給我滾遠遠的,你們喜歡在這裡看我出醜嗎?」馬力歐又一次開始威脅身邊的小夥伴們。同時,他的心裡也充滿了羞愧感。

上篇　有名氣的魚販子—澤法

「嗨，馬力歐老弟，你給我們說說，你來這裡做什麼啊？為什麼不把你的真實想法說一下啊？」

「對啊，馬力歐老兄。你把自己的來意實話實說吧。」雅內羅出現了。

「你可以說是來這裡找雅內羅算帳的，你這樣的行為讓我們都覺得丟臉啊。」

「呵呵呵！」一些小夥子笑了起來，本來一些兒不想笑的人也隨著笑聲笑了起來。

馬力歐飛身跳起來，朝著剛剛說話的小夥子雅內羅大吼一聲。雅內羅趕緊擺好自衛的架勢。哦哦哦哦哦！在場的小夥子們都在那裡加油助威。雅內羅不小心摔倒在地，他雙手撐著地面急忙站起來，隨後，他們兩個人在那裡開始你追我趕。

「你們兩個人是在玩丟手絹嗎？」一個準備離開的小夥子問道，說完他翻牆離開了。

「對對對，快抓住他啊！」一些小夥子起鬨著。

「如果再讓我看見你，一定把你的臉打成豬臉，然後，我再跟你的哥哥理論一下。」馬力歐警告雅內羅。

雅內羅的心裡一直在打鼓，汗珠子從兩頰流了下來。他感覺自己奔跑的時候雙腳已經離開了地面，他知道如果以後碰見馬力歐肯定沒好果子吃。雅內羅跑得很快，馬力歐眼看追不上了。

十四　尋仇

　　小夥子雅內羅遠遠地站在小巷的巷口，心裡盤算著那幫混混會不會合夥揍他。當他看見吉塔・卡佐拉老太太從不遠處走過來時才趕緊離開。

　　「嗨，馬力歐，你趕緊翻圍牆逃走吧。你看看，吉塔・卡佐拉過來了。」

　　「哼，她來了能把我怎麼樣啊？」馬力歐不悅地說。

　　「怎麼樣？我不知道，猜想讓你飽嘗一頓巴掌。」

　　「呵呵呵！那個小哥們可不好惹啊！」在場的小混混又一次笑了起來。

　　「洛洛，你的兄弟成了一個大笑話了。」

　　他們在向洛洛說話的時候，洛洛正坐在沙地上。他本來是這個地段小流氓的頭頭，像另外幾個小夥子，如伊濟德羅、阿瑪德烏、馬諾-馬諾、若阿基多、貝托一樣，他們都是這個流氓團夥的小頭頭。

　　這時，吉塔・卡佐拉老太太趕到了，她大聲地說：「你們在這裡是不是要展開大屠殺啊？這麼多人對付一個小孩子。我一直在注意你們。雅內羅不是你們任何人想打就打的木鼓。如果有一天他生了病，你們誰都逃脫不了關係。如果他生了病誰去給他看病啊？還不是我揹著去醫院。我可不想看到你們這些混帳東西在這裡興風作浪。我告訴你們，如果以後有人膽敢欺負他，我就給你們一人打一針。」

接著,吉塔・卡佐拉開始在院門口大聲喊叫:「混帳東西,這幫混帳垃圾!」

老太太進門之後,停在自己家的水桶前面,整個人氣得顏色都變了,她靠近馬力歐大聲說:「你想對雅內羅怎麼樣啊?」

「吉塔・卡佐拉夫人,你在說什麼啊?我不知道你在說什麼。」

「你是不是想拿著你的鋼絲繩綁我的小孩子啊?我是讓你過來捆綁我的孩子,你有這個膽子嗎?」

「吉塔・卡佐拉夫人,你怎麼說話這麼沒有禮貌啊?」馬力歐說道。

「你不是要用鋼絲繩抓那個孩子嗎?」

「吉塔・卡佐拉大娘,請你說話禮貌些……」

「你告訴我啊,你是不是要抓我的孩子?」

於是,整個院子裡像割麵包果那樣炸了起來,大家都在呵呵大笑。可悲的是,所有的孩子都非常喜歡這種混亂。

吉塔・卡佐拉對身邊的雅內羅說:「你跟我說啊,他剛才是不是在抓你?」

「我不知道你在說什麼,我怎麼回答你的問題啊?」雅內羅說。

「不管你怎麼回答我的問題,我只想讓你回答他是不是在追你,是不是要把你抓起來啊?」

十四 尋仇

「你讓我回答,我只能說剛剛他是在這裡抓我……」吉塔・卡佐拉聽了雅內羅的回答心裡很生氣。

「你的回答是不是符合我的意思啊?!我只是想知道剛剛馬力歐是不是在這裡追逐著打你。馬力歐是怎麼毆打你的?」吉塔・卡佐拉又問道。

「吉塔・卡佐拉舅媽,你聽我說。馬力歐是想抓我,可是,他並沒有抓到我……還有,以後不要再說『抓』那個詞,實在是太難聽。吉塔舅媽,你喜歡幫我們打抱不平,我心裡很感謝,但是,請你以後說話要注意禮貌用語。」雅內羅在一旁說。

「我在這裡警告你們啊,雅內羅是我的外甥。如果讓我看見你們欺負他,小心你們的腦袋。一幫爛貨,一天到晚吊兒郎當,什麼工作都不做,只知道在這裡欺負年紀小的人。難道就因為他們講了實話你們就要毆打他們?你們要是讓我看見……」吉塔・卡佐拉對著馬力歐等人大聲說道。

馬力歐大聲地說:「吉塔・卡佐拉大娘,我本人從來沒有吊兒郎當。」

「你去吃屎,別在這裡假裝清純!你手裡拿著的那個鋼絲繩是做什麼的啊,不是想打孩子嗎?難道,你現在的行為是正常人做得出的嗎?還說自己不吊兒郎當!」

「吉塔・卡佐拉大娘,你什麼時間看見我打孩子了?」

「你不打小孩子,為什麼你會出現在這裡啊?」

「我在這裡等我的朋友伊濟德羅。」

「你在這裡等伊濟德羅又做什麼啊？再說伊濟德羅是個混混，他跟你一模一樣。」

伊濟德羅不斷地找著機會，他想找個臺階給他的朋友馬力歐。再三思索後，他站起來第一次大聲地說：「舅媽，你就別在這裡浪費時間了。該回家做木薯糊糊飯了，我現在快餓死啦……」

「猜想你快死了。你看看你現在抽菸抽成什麼樣子了。」

「舅媽，你說我抽什麼菸啊？！難道，你以為我在這裡抽菸嗎？你可千萬別這麼說啊！」

「為什麼不讓我說，每個星期一你的朋友都會來這裡，而且，總是在這裡停留一段時間，你告訴我為什麼？你們這幫混蛋流氓。」

「星期一的時候我哪個朋友到這裡來啦？」

「那個普雷拉。這幾天你們幾個人沒有在村子裡見到他嗎？」

「你是說他帶壞我們嗎？你能不能一天到晚別聽你那些鄰居在這裡風言風語啊。你是一個警察的老婆，能不能說話講點證據啊。」

「我說的這些難道不是證據嗎？」

「舅媽，你又聽那些好鄰居講我們的壞話。你要知道，我們

十四　尋仇

舅舅他從來都不喜歡聽別人傳播謠言啊。」

他們的談話一下子轉到了吉塔・卡佐拉丈夫卡斯特羅的身上。

這時，卡斯特羅的表弟亞當・馬布恩澤先生正巧打院前經過，看見院子裡站滿人，有老也有少，他以為家裡發生了打鬥。原來他的家裡也曾經發生過這樣的事情，所以他努力扒開人群走了進去。

「家裡出什麼問題啦？」亞當・馬布恩澤問。

「沒有什麼，亞當，家裡沒有出什麼問題。」吉塔・卡佐拉回答說。

「沒出什麼事情，為什麼家裡聚集了這麼多人啊？」

「有人說在這裡抓了一頭野豬，所以，他們很多人跑過來看熱鬧。他們幾個人抓到的野豬。」吉塔指了指著眼前的小混混們說。

「哦，沒事就好。現在這些小夥子也懂得抓野豬了，都有自己的一把力氣了。對了，卡斯特羅表哥回來了嗎？」亞當問道。

「他還沒有到家啊！你不坐一會兒嗎？」吉塔問。

「哦，不啦。等他回來時告訴他一聲，讓他去我家裡一趟，我找他有事商量。」

「好的，等他回來我一定轉告。」

等亞當走出大門，吉塔・卡佐拉又提高聲音說：「剛剛我們

的談話讓亞當打斷了。像你們這些小流氓啊⋯⋯我準備把你們送到阿南哥拉村，我看你們以後還怎麼興風作浪。」

「誰要去阿南哥拉村啊？我才不去呢！」小夥子雅內羅搖著頭說。

小夥子伊濟德羅喜歡這個主意，他站在一旁直拍巴掌大聲說：「好主意啊！我覺得應該把弟弟雅內羅送到阿南哥拉村。在這裡，他去學校的時候從來不知道專心讀書。他只有在星期天的時候才高興，因為那天他可以痛痛快快地玩──他會跑出去偷別人家的鴿子。有時候，他向學校的老師撒謊，不去學校上課；而且，他還經常逃學曠課。放學後，他還向家長撒謊說學校沒有課程安排。舅媽，你好好想想，這樣子上學能學到什麼東西？阿南哥拉村比這裡安靜，小孩子們的整體素養也比這裡的孩子們高。我覺得把他送到那裡是個好的決定。加上弗蘭西斯卡的嚴加看管，可以說這是一件大好事。有人看管，他不會總是想著出去玩。再說，他和我們這種人在一起能好嘛⋯⋯」

伊濟德羅把自己想說的理由一一說出。他沒有看站在自己身後的雅內羅。

雅內羅變成一個小混混和他這個幫派小頭頭的哥哥脫不了關係。現在連他自己也同意把雅內羅送往比較遠的地方，以免影響他的學業。

「舅媽，你準備什麼時候把雅內羅送到阿南哥拉村啊？」伊

十四 尋仇

濟德羅問。

「好了，你別吵了。」吉塔・卡佐拉不耐煩地說。

「怎麼說我吵啊？！他應該去那裡上學，而且，他必須去上學。」

「雅內羅去那裡上學是肯定的，不過去了之後怎麼辦呢？這件事我已經思考了一個月了。你姐姐想讓我把雅內羅留在那裡，這樣她的小卡洛斯也不再孤單……再說，那裡的確比這裡環境好啊。」

「對啊，難道我說得不對嗎？那個地方要比這裡安靜得多。如果小孩子去那裡上學，一定能學到很多知識。」

「我不去。你們別想讓我去那裡啊。」小夥子雅內羅一直拒絕他們的提議。

「你還是去那裡上學吧。你在這裡能學到什麼啊？舅媽，你可千萬不要改變主意。你知道我的姐姐已經跟你說了很長時間，你可不能拒絕她的好意，也不能錯過這個天大的好機會。而且，霍爾海也會替你管教他。你就放心讓他去吧……實在不行我幫你把他送到那裡去。」

「漁婦們也會讓你放心吧？！你到底在想什麼……」雅內羅衝著伊濟德羅說道。

伊濟德羅轉過警察舅舅留在那裡的小木箱子，一下子站在雅內羅的身後想要抓住他。可是，雅內羅的動作更加敏捷，

上篇　有名氣的魚販子──澤法

「颼」的一聲跑到了大街上。

「你快回來啊，省得我生氣。不然，我把你屁股打爛。」伊濟德羅威脅說。

這個時候吉塔・卡佐拉跑過去保護著雅內羅說：「你打他屁股試試，你這個小混蛋，打你弟弟試試？！難道你除了打架什麼都不懂嗎？」

「我什麼都不懂，可是，總比你這樣溺愛孩子好……」

「我怎麼溺愛孩子了？你說說，我怎麼溺愛孩子？」

「你應該嚴加管教雅內羅，他做了出格的事情要慢慢地去教導他，實在不行也可以進行體罰。」

「告訴你，教導孩子絕對不可以動用武力。如果教育孩子總是使用棍棒，那麼你的孩子也會和棍棒在一起。孩子的武力傾向也不會慢慢消除。」

「最好跟雅內羅說清楚，不要總是等著享受。」

吉塔・卡佐拉大聲說：「如果按照你的棍棒教育方法，你應該去蘇埃羅村好好感謝一下那些漁婦們。去吧，去吧，因為她們剛剛教育過你們。」

「哈哈哈！」在場的人聽後都笑了起來。

「現在你也該去謝謝她們，是不是啊？」伊濟德羅說。

吉塔・卡佐拉鄭重地說：「我去和她們說什麼啊？難道以前

十四　尋仇

我沒有和你說過,總有一天你會被打嗎?那時候你是怎麼回答我的?你不是跟我說自己永遠都不會出問題嗎?現在,你的所作所為終於讓你受到應有的懲罰。這個世界上任何一件事都會有因,有因必有果。這便是世界上的因果報應!」

現在,小夥子馬力歐整個人平和了很多,不再那麼瘋狂了。當他看見自己手中的鋼絲繩後,心裡充滿了悔恨。他從來沒有像今天這樣覺得無地自容過。他們幾個頭目一起決定,以後不會再拿起手中的棍子了,所以,他們的「Z」字元號也不會再出現了。他們居住的村子叫贊加多村,所以,他們用「贊」字拼音的第一個字母「Z」作為他們幫派的名稱。那個時候,「Z」幫在羅安達地區都小有惡名。因為,他們去哪兒就在哪兒打架鬥毆,並總是獲得勝利。以前,他們總是把「Z」幫的成就掛在嘴邊。可是今天,他們都在思考,「Z」幫是否繼續下去呢?答案是否定的。

上篇　有名氣的魚販子──澤法

下篇
　　小夥子雅內羅的另一面

下篇　小夥子雅內羅的另一面

一　學校

　　然東博學校是小夥子雅內羅轉往的小學。直到現在,很多村民都還記得那所小學。因為,這所學校裡發生了很多讓人難忘的事情。學校的旁邊有很多馬蘭熱人和卡特特人修建的房子。兩個地方的人總是在此地發生爭執,他們還試圖拆掉這所學校。

　　這裡還發生過讓安哥拉人民難忘的抵抗葡萄牙殖民主義者的反抗運動,那時,安哥拉人民的血液在沸騰,人民揭竿而起。

　　殖民地時期的安哥拉人民不怕犧牲,完全把生命置之度外。可以說,安哥拉的每一寸土地上都留有人民的汗與血。一九六一年,他們手中拿著大刀、鋤頭、汽油桶、碎瓶子在那裡抵抗殖民者的壓迫和凌辱。但是,遺憾的是,那所漂亮的學校在反抗殖民主義的鬥爭中被毀壞了。

　　當雅內羅知道他的表哥霍爾海也住在阿南哥拉村時非常高興。兩個人見面時高興得像兩隻調皮的松鼠,抱在一起在路中間跳來跳去。後來,霍爾海邀請雅內羅到古巴扎村一起參加小夥伴之間常玩的遊戲。那天,雅內羅記住了很多條馬路和很多這裡獨具特色的舞蹈。

　　雅內羅到達學校的當天就喜歡上這所學校了。因為,在這

一　學校

裡有他的表哥,所以他的心裡沒有一點陌生感。霍爾海給他介紹了自己最親密的小夥伴,他們分別是西基蒂尼奧、托尼托、澤‧坎布塔。不過,小夥子澤‧坎布塔和雅內羅兩個人之前就打過交道,所以也算是半個熟人。

雅內羅第一次到教室的時候,見到新同學、新老師他也非常喜歡。只不過,當有些新同學走過來問他問題的時候,他會有些害羞。因為,總是有新同學問他:「你喜歡這個學校嗎?你喜歡我們這個村子嗎?你在這個村子裡有什麼親戚啊?」

雅內羅來到這裡後,整個人變得非常開朗;甚至,有的時候還會向陌生的同學要餅乾吃。有時,他還會向同學借鉛筆等物品。這都不算什麼,最重要的是在課堂上,老師提問時,他會搶著回答──無論他是否知道正確的答案。不過,嬉戲打鬧的時候,也少不了雅內羅的身影。踢球時間,更是成為他一展所長的時間。因為他非常喜歡踢球,是一個瘋狂的球迷,他防守做得非常好。而且,他體力充沛,從球場的這邊跑到那邊,從球場這一處跑到那一處,總是那麼迅速。西基蒂尼奧是一個躲閃靈敏的隊員,在雅內羅加入之前,整個團隊裡數他踢得好。但是,自從雅內羅加入他們球隊後,這一情形完全被改變;因為,雅內羅的球技遠遠在他之上。雅內羅的耐力非常好,總是能夠堅持踢滿全場。他的射門技術也非常好。後來,他被大家稱為「射手王」。

下篇　小夥子雅內羅的另一面

　　時間慢慢地過去了，霍爾海卻對他這個表弟略有些不滿，因為，他總是在給他添麻煩。這可能是雅內羅的天性使然吧。

　　雖然，阿南哥拉村的經濟發展沒有贊加多村那麼發達，可這個村子的生活節奏非常慢。這樣大家可以盡情地去享受生活。所以，當時雅內羅的家人把他轉學到阿南哥拉村是非常正確的選擇。

二　然東博先生

　　然東博並不是這所小學的真正名字，也並不是說這所學校是然東博先生開設的。因為，然東博先生其實只是這所學校的一名老師。但是，這個村子和附近幾個村子的村民們都習慣性地管這個學校叫然東博小學。在這些村子裡，如果有人問他們的孩子在哪裡上學，人們就會回答：在然東博小學上學。當然，小孩子們也都會說：「我們在然東博小學上學、做遊戲，和同伴們一起玩耍。」但實際上，沒多少人真正了解那所學校。那所小學校是教會出資建設的，且只有一個教室。負責監督學校事務的神父是人民村的神父。

　　雅內羅進入這個學校以後發生了很多事情，由於他的原因學校的老師還被神父更換了。

二　然東博先生

　　事情的起因是這樣的。一個星期六的上午，天空中下著雨，太陽卻在黑黑的烏雲後面時不時地露出火紅的面孔——這樣，阿南哥拉村的大地上才有了些許明亮。小孩子們高興地大跳起來，因為這些濃密的烏雲把炙熱的太陽擋住了。他們拿著廢棄的腳踏車的輪轂在大街上奔跑著玩滾鐵環的遊戲。有些孩子會把用過的易開罐掛在車子上面；有些孩子則在廣場踢五人制足球；還有些小孩子在垃圾堆裡尋找大青蟲和易開罐的拉環以及酒瓶蓋——他們撿拾這些東西是為了玩一種智力遊戲。老者們大多都在忙碌地工作著，也有一些人或躲在商店裡買酒潤嗓子，或躲在圍牆的角落裡休息。家具店的老闆在自己的家具店裡面勞作著，手裡拿著刨子等工具加工凳子、床、書櫃等。在那個星期六，很多人都有些慵懶。

　　然東博老師正坐在教室裡等待學生的父母們前來參加家長會。前幾天他已經通知了家長們。今天開會主要涉及他們子女上學的問題以及新學年需要繳納學雜費的問題。但是這個時候，然東博老師好似整個人都失去了耐心；因為他已經坐在教室裡整整兩個小時了，卻不見有人前來參加會議。他一會兒坐下去，一會兒又站起來；一會兒又看看手上的手錶，一會兒又在教室裡走來走去。整個人像是熱鍋上的螞蟻一樣坐臥不安。

　　就這樣，他在教室裡和教室外整整地著急了兩個多小時，才有一位家長出現在他的眼前。第一位學生家長是庫爾杜梅村

下篇　小夥子雅內羅的另一面

的一位女士,這位女士在問候過老師之後,開始直奔家長會的主題。她說道:「尊敬的老師,非常抱歉我現在才趕到學校。因為,我來這裡之前要給我的丈夫和孩子們準備早餐⋯⋯先生,前天,我的孩子跑到我位於卡森加的家裡跟我說開家長會的事情。說實話,我早就和這孩子的父親離了婚,而且,我現在已經和另外一個男人居住在一起了。因為,我再也不想和一個渾身充滿酒氣的酒鬼生活在一起,我再也不想要那樣的生活。我喜歡不喝酒的男人。當然,喝酒並不是不可以,但是要有節制。像我前夫那樣的酗酒能行嗎?所以,我的孩子跑到我卡森加的家裡和我說上學的事情⋯⋯」

「是啊,是我讓學生們告訴各自的家長或者是學生的監護人前來學校開會的。你的兒子,他沒有和你說些什麼嗎,比如學雜費?」這位老師只對學雜費的事情感興趣。

「我的兒子沒有和我說什麼啊,只是跟我說你想和我談談。關於錢的事情他隻字未提。哎呀,不好意思,我口袋裡的錢放家裡了。除了交錢的事情,你還有什麼其他的事情嗎?月底的時候,我已經支付過學習費用了,在上個月月底;雖然當時我繳費的時間有點延後,但是,上個月沒有結束的時候我把錢補上了⋯⋯」

「你的兒子叫什麼名字啊?」老師問道。

「老師,我的兒子叫馬特烏斯!」

二　然東博先生

「他的全名是什麼啊？」老師又追問道。

「他的全名是馬特烏斯・勞倫索・安東尼奧！」

「哦，好吧，你先坐下吧。」

「好的，老師。」說完，那位女士坐下來。

一分鐘時間不到，教室裡又進來幾位學生家長。

然東博看看手錶，又朝門口張望起來。他想看看是否還有其他家長前來參加會議。

「好像不會再有人來學校參加家長會啦。我們還是趕緊開始吧。」

「是啊，我覺得也不會有其他人來啦。」一旁的一個小孩子說道。

「好吧！尊敬的女士們、先生們，我現在開始……」

「請老師你稍等等啊！」一個坐在教室最後一排的中年婦女大叫了一聲，「老師，你先等一下。我的女鄰居薩布里塔在我趕來之前跟我說讓等她一會兒，她女兒回家給她拿手絹去啦，而她則去水井旁邊打點水，馬上就趕過來……」

「這樣吧，你是她的好朋友，等她來的時候你再把我們剛剛說的話向她說一遍就好了。你看我的建議行嗎？我們現在還是不等她了。再說了，她到底是來還是不來我們大家都不知道，所以我們沒有必要一直在這裡等她。現在，我們開始開會。」

下篇　小夥子雅內羅的另一面

「我們現在的會還沒有開始，你為什麼不能再等等我的鄰居啊？說不定她現在已經在來的路上了。」那名中年婦女大聲吵嚷道。

「哦，這位學生家長，請你不要再在這裡大聲喧譁，行嗎？我們約定的時間是上午的七點，您看看現在，已經過了十點鐘了。難道，讓我們都在這裡等那些不守時的人嗎？讓我們在這裡等他們一天……」

「哦，你看，她已經趕到了。你也可以開始開會了。」那位婦女看見自己的朋友趕到了學校，便高興地大叫起來。

薩布里塔女士和她的女伴們有說有笑地走進了教室。她們這些人進來之後好似整個教室被占滿了。等她們一行人坐下之後，然東博老師端端正正地坐在椅子上大聲說：「我這次召集大家來學校參加會議主要有這樣幾件事……」

「嗨嗨嗨！我們的好老師，請你原諒我的粗魯啊！對不起，然東博老師，請你稍等一下。不要馬上開始會議……」那個打斷會議的女人又站了起來並跑出了教室。老師和在場的所有人都看著那個打斷會議程式的女人，只見她跑到教室外面，站在大馬路旁東張西望起來，過了一會兒，她又跑回到教室裡。

「老師，對不起。總是打斷你的講話！我來這裡主要是為了占位子。實際上，參加會議的人是我的丈夫，他會來聆聽你的講話，我只是來這裡占位子罷了。」

二　然東博先生

「你在這裡說什麼混帳話？！你快去吃屎吧！」老師生氣地說,「你說說,如果大家都像你這樣子,我們這個會議要什麼時間才能結束啊?」

「我並不是說混帳話啊!這位老師,請你說話乾淨一點,聽見了嗎?我在這裡請求你不要開始開會,因為我的老公他想聽你講話,然後還要和你討論會議內容。再說,我老公和我說話從來都是畢恭畢敬、溫文爾雅的。所以,我和他說話時也非常有禮貌。不像你這種沒有禮貌的人出口全是髒話。然東博,你作為一個老師說髒話,還讓我去吃屎,你簡直是個人渣!你以為我家裡沒有人當官嗎?你給我聽著,如果你那麼想你就錯啦。我告訴你,我的靠山非常硬啊。」婦女生氣地說。

「這位家長,你以為這裡是出售百貨的市場嗎?」然東博也生氣了。

「這裡並不是什麼市場。可是,你剛剛說的那些話我非常不愛聽。你難道說我在市場上驕橫跋扈嗎?你好好看看我這張臉,看看我這張臉上都寫著什麼⋯⋯」女人大聲說道。

「卡庫洛大媽,你還是趕緊出去吧!」一個小夥子站起來大聲地說。這小夥子是一個靠推手推車賺錢養家的壯漢,他不想在這裡浪費時間。「這麼長時間你不說話,怎麼現在想起來張嘴說話啦?!告訴你,立刻閉嘴。」女人對著小夥子說道。

一個婦女站出來幫著那女人說:「對啊,小夥子,你趕緊從

下篇　小夥子雅內羅的另一面

這裡出去。難道那個老師站在講臺上口出穢語，我們還說不得他嗎？」幫腔的女士從外貌上看像是一個個性開朗的女人。她接著說，「如果老師對我們沒有禮貌，那麼我們也沒有必要熱臉貼涼屁股。我們大家都想聽老師在這裡講講大道理，可是，會議的開始卻是一大堆的髒話。這種交流方式讓人難以接受。」

「對不起，然東博老師，請問我能幫你把這些老娘們都請出教室嗎？」小夥子對然東博說。

「小夥子，你說得非常好。你可以那麼做，不然我的會議什麼時候才能開始啊？」然東博老師點頭說。

小夥子收到命令之後一手抓住一個婦女把她們往教室外面推。

一個婦女威脅小夥子說：「小夥子巴普蒂斯塔，你是不是想嘗嘗我的厲害啊？」

「巴普蒂斯塔，請你馬上鬆開我⋯⋯聽見沒有啊？」小夥子巴普蒂斯塔和說這話的女人卡庫洛是同村的居民。

「你們趕緊出去吧！小心我一會兒不注意把你們推倒啊。」小夥子說道。

「我給你幾個膽子，你推我試試啊。」卡庫洛回答道。

「那好啊，你不相信，那我們就在那邊打一架，別在這裡浪費時間。走啊，走啊⋯⋯」

二　然東博先生

卡庫洛已經開始想和小夥子巴普蒂斯塔決鬥了，她像殭屍一樣站在那裡。打架對於小夥子巴普蒂斯塔來說是家常便飯，也是他的強項；雖然教室裡的家長們都在勸阻他們，但是，小夥子的態度非常堅決。他一步跨過去把卡庫洛一下子就舉到半空中，接著又把她抱出教室來。這個時候的卡庫洛像一隻小雞崽般在空中四肢亂動；當然，她的反抗根本起不到任何的作用。巴普蒂斯塔是附近有名的「瘋子」，他能很快地結束戰鬥。但是，當他抱著中年婦女走到教室外面的時候，他卻輕輕地把她放在了地上。雖然他是個十足的小混混，但是他卻知道尊重女人。他把卡庫洛放在地上後又對她說：「卡庫洛女士，教室是我們大家的，但是在大馬路上可以隨你的便！」

「你這個小混蛋，你去吃屎吧！你這個大菸鬼。瞧瞧你的醜樣子啊！」婦女大聲罵道。

不過，小夥子巴普蒂斯塔沒有理會她的髒話。他走進教室，然東博老師清了清嗓子大聲地說：「好！尊敬的女士們、先生們，我現在可以對大家說，我們的會議正式開始。這次召集大家坐在一起是為了談談孩子們的學習情況。現在，孩子們的考試成績已經出來了，所以，他們到底誰更新誰留級都已經見了分曉⋯⋯」

說完這些，然東博開始念那些需要留級的學生的名字，同時，他也解釋了為什麼這些孩子需要留級復讀，而其他的孩子

下篇　小夥子雅內羅的另一面

則可以繼續更新學習。慢慢地，他開始談錢的事情。他說孩子們需要繳納學雜費——為了給學校新增一些必要的文具。薩布里塔女士和其他幾個女人坐在那裡交頭接耳，另一些人則盼著快些結束這次的會議。他看見教室後面的一些家長沒有專心聽他的解釋，他便故意走到教室的最後一排，站在那些不專心聽講的人們身邊大聲地講收錢的事情。只有少數幾個人坐在那裡聚精會神地聽著老師的講解，在場的很多人聽完他的講解之後都保持沉默。有幾個女人並不認為老師是為著自己的孩子好，她們陸續站起來大聲招呼著：「嗨！大妹子，我們趕緊走吧！這個男人在這裡對我們胡說八道！」

「是啊！原來我就跟你說過他是什麼樣的人。」

「是啊，大妹子！你千萬不要相信他的謊話。」

「卡基烏達大姐，當他說話的時候我在心裡開始反駁他，我非常生氣。然東博想在這裡欺騙我們，他想讓我的兒子留級，我怎麼可能不去反駁他？你覺得我做得對嗎？你告訴我該怎麼處理這樣的事情啊？」

「嗨！為這種人生氣不值得。在蘭熱村的西蒙學校，那裡的老師對學生們非常關愛，而且學雜費還不高。如果你在上個月月末才交完費用，那麼下個月的費用還可以拖延很長時間，不像然東博先生一天到晚都在想我們的錢。他總是想著怎麼才能榨乾我們的辛苦錢。他簡直是一個強盜！你看看，我們這個月

二　然東博先生

「剛剛交完學習的費用，還沒有到月底，他又開始召集我們大家來交學雜費。再說了，上次我繳費的時候他跟我解釋得非常清楚——這些錢學校都用於購買文具。可是，這個月還沒有結束他又開始催我們繳費。你說說，上個學需要一天到晚地要錢買文具用品嗎？」卡基烏達對身邊的同伴說。

「買什麼學校文具，這只是他的託詞。」另外一個中年婦女說——她的名字叫圖圖利亞，說完之後她開始保持沉默。這次的家長會讓她心裡不舒服，她不喜歡這樣的交談。

薩布里塔女士說道：「我決定明年讓我的兒子轉學，不讓他在這所學校學習了。我不知道每天他在這裡都學什麼。有一次，我帶著我兒子的作業到阿爾曼多家裡去，他的兒子在西蒙小學上學。我把我兒子的作業本給阿爾曼多的兒子看，他看過後說，我兒子他們的教學進度實在太慢了，這些課程他早學過了。你說說，這樣的學校能行嗎？」

「當然不行。薩布里塔大姐，但這不是最重要的。關鍵是他要讓我們的孩子在這所學校讀到頭髮花白，卻只會寫個簽名⋯⋯」卡基烏達說道。

「對不起，卡基烏達妹子！我打斷一下你的講話。我聽說在卡倫巴村有一所非常好的學校。有時間我們去看看啊！」

「卡倫巴那裡的學校距離我們太遠⋯⋯」女鄰居福斯塔插了一句。接著她又噘著嘴說：「有一所學校離我們非常近，可以說

下篇　小夥子雅內羅的另一面

在我鼻子下面。」

「你說的那所學校在哪裡啊？」一個女人問道。

「拉基拉女士負責的學校啊。你們不認識那個女人嗎？我也只認識拉基拉丈夫的弟弟，拉基拉女士是一個白人。很多人都知道她是一個怕羞的女人，我也從來沒有和她說過話。我的一個朋友，馬爾吉尼亞・門德，也曾說過，拉基拉是一個優秀的老師。聽說拉基拉是一位來自本格拉省的老師。聽我妹妹說，拉基拉當老師已經很長時間了，她是一個具有豐富教學經驗的優秀老師。即便你孩子的腦子是榆木腦袋，她也有能耐把你的孩子培養成才。我的兒子一直想去那所學校。馬爾吉尼亞・門德的兒子澤貝托就在那所學校上學。他每天學習非常刻苦，對學業也是兢兢業業，從早到晚趴在桌子上學習。如果我跟你們說原來的澤貝托是一個徹頭徹尾的小混混，你們能相信嗎？那時候，他的媽媽馬爾吉尼亞・門德一天到晚地擔心他，怕他到處招惹是非；所以，總是在學校門口盯著他。可是現在，根本不需要。如果學生沒有到學校上課，那麼老師會主動到學生的家裡和家長了解情況。澤貝托現在是一個非常有禮貌的孩子，我的那幫姐妹們看見那麼懂禮貌的孩子都非常喜歡。可是，原來的澤貝托也是一個貪玩的小混混啊；現在，他像是一個中規中矩的天主教徒。他懂的東西很多，現在像一個小老師，小混混的樣子在他身上再也找不到了。再看看我們自己的孩子，學

二　然東博先生

習總是那麼差勁，總是需要父母們支付費用補課。這樣的孩子是不是在揮霍我們的錢啊？」

卡基烏達說：「是啊，福斯塔大妹子說得對啊！」

「卡基烏達妹子，你也認識福斯塔說的那個拉基拉女士嗎？」薩布里塔問。

「誰啊？你是在問我嗎？你問我是否認識誰啊？」卡基烏達問道。

「那個拉基拉女士啊！」

「我的大姐啊，我只認識城裡的老師，農村裡的好老師我認識的並不是很多。不過，剛剛她說的那位拉基拉老師我也曾聽說過，對她有一點了解。我還認識另外一個老師，他來自拉基拉女士的村子。他現在在蘭熱村的西蒙學校執教。我已經和他說過我的兒子小馬努埃爾的情況，等他在這裡考完試之後我就要把他轉學到那所學校了。儘管我的兒子在這個學校學習已經很長時間了，但是，他的改變和進步沒有想像中那麼好。如果把他送到西蒙學校學習，再經過那裡老師的精心管教，我想他很快就能成材啊。所以說，福斯塔大妹子說得一點都不錯啊。等我的兒子考完試，我準備把他送到那個學校去。」

薩布里塔對女鄰居的話非常感興趣就問道：「那個學校的學費大概是多少錢啊？」

「這個我還不知道。但是對於我來說，孩子的學業能得到

下篇　小夥子雅內羅的另一面

提升比什麼都重要。所以，關於學費方面的問題我不是很關心啊⋯⋯總之，會比這個混蛋然東博老師好百倍。如果我們不送錢給他，他就讓我們的孩子留級，難道他還有其他本事嗎？」

「對，說得好啊！錢並不是問題啊。我們努力工作能賺到錢。

我們有能力去賺足夠的錢。但是，我們要知道自己交給然東博的錢到底去了哪裡。現在，我們最大的問題是碰到一個唯利是圖的老師。他總是拿著孩子們來要挾我們。錢不是問題的關鍵──我們每天頭頂著貨物走街串巷地售賣都是為什麼，難道不是為了我們的孩子嗎？」一旁的圖圖利亞女士說。

「如果我們賺的錢不夠給孩子交學費怎麼辦啊？」一個女人說道。

「如果錢不夠，那只能去當妓女了！」

「哎，圖圖利亞大妹子，你是這樣認為的嗎？」

「你讓我怎麼回答你的問題啊？」圖圖利亞說道。

「呸！我只是說想把孩子送到好的學校學習，怕錢不夠，怎麼就扯到做妓女呢？」

「我想問，如果錢不夠你會去出賣肉體嗎？」

「一個天天都做生意的商販，怎麼錢就不夠花呢？難道我們整天頭頂著貨物在大街上當小丑嗎？」薩布里塔在一旁說道。

二　然東博先生

圖圖利亞追問道:「請你給我舉個錢不夠花的例子,你說啊!」

正在這時,然東博老師在講臺上用教鞭啪啪啪地敲打課桌,讓大家注意聽他講話:「這幾位女士,你們能不能不要在這裡開玩笑啊?」

一個中年婦女立刻反駁說:「我們怎麼在這裡開玩笑啊?我們說話的時候你別在這裡插嘴……我們沒有在這裡開玩笑啊!」

「你們就是在這裡開玩笑。別抵賴了!」

「你看到我們幾個人在這裡開什麼玩笑?」另一個女人問道。

「首先你們應該注意,你們現在坐在高尚的教室裡。其次,你們到這裡來是聽我講你們孩子的學習情況,而不是讓你們來這裡聊大天……你們這種行為讓我為你們感到羞恥。」

「我們有什麼羞恥的啊?我們大家聚在一起不就是為了聊天嗎?」女人們大聲地說。

然東博反駁說:「是的,你們來這裡是為了交流意見;但是,不能像你們幾個人這樣勾肩搭背地坐在那裡自顧自說。」

卡基烏達是一個非常聰明的女人,她以很男人的口吻打斷了他們的爭議。她說:「是的!哥們,您說得很有道理。我們這樣做的確不對。我們幾個人嘰哩呱啦已經說了很多,現在我們大家想聽你說說。」

下篇　小夥子雅內羅的另一面

「大妹子，你說這個然東博有什麼道理啊？你說說他有什麼道理！」卡基烏達的女同伴不樂意了。

「他必定有他的道理。你們別說了。難道你們沒有聽見他讓我們幾個人安靜嗎？我們幾個人也沒有必要非得大聲地在這裡高談闊論。我們之前也沒有約好要在這裡聊天打發時間。首先，我們應該專心聽他講話，然後我們再說自己的事情。」接著卡基烏達大姐提高嗓門對然東博老師說：「哥們，我們開會吧。你可以繼續講了。」

然東博老師繼續他的講話：「好了，我們大家繼續開會。之前我和你們說過，在座家長的孩子們並不是都能更新，一些學生需要留級，直到學習成績趕上來為止。我跟你們說，我自己家裡的番茄都已經成熟，可是我卻沒有時間去莊稼地裡摘。難道我的損失不大嗎？但如果我的番茄沒有成熟，我卻硬把它摘下來，那我的損失不是更大嗎？！你們的孩子留級學習也是這個道理⋯⋯」

然東博還沒有講完，一個女人站起來打斷了他。她說道：「然東博先生，對不起！請原諒我的魯莽，我有幾句話要說啊！」

然東博回答說：「好的，您請說啊。」

「然東博先生，你首先要知道每一個人都有自己的人生和生活。你剛才說的是你自己的番茄理論，所以請你不要欺騙我們在場的每一個人。如果有人跑到你的番茄地裡面摘番茄，你會

二　然東博先生

願意嗎？你肯定不願意。所以，我是不會接受你的建議讓自己的孩子留級的。我現在的心情和你被偷了番茄的心情是一模一樣的。你還是先管好你自己吧。你憑什麼干涉別人的生活呢？你不能這麼做，因為你是在浪費別人的生命。現在，我們的時間都非常寶貴。我們可以去番茄地裡幫你摘番茄，可是，誰會來幫我們做工作呢？如果我們不工作，我們的日子會停滯不前，你說是嗎？我們的日子停滯不前，我們吃什麼啊？難道，我們去你家吃飯嗎？你們大家說是不是……」

「說得好，咱問問他，讓我們怎麼活啊。」一旁的女人們氣憤不已。現場的氣氛立即緊張起來。

「他想讓我們大家去他的莊稼地裡收番茄。他的莊稼地都荒廢了多少年了。再說了，到底是他家哪一塊莊稼地，我也不是很清楚啊！」一個女人在一旁說。

「他讓我們摘什麼啊？」旁邊的一個女人問道。

「幫他摘番茄！」

「狗屁啊！」與卡基烏達坐在一起的女人們都大叫了起來。

「這個男人難道是瘋了嗎？」

然東博默默地想：「現在的場面這麼混亂，怎麼才能按我的計畫走呢？如果一直這樣吵下去，我收錢的計畫就要被這幫老娘們弄泡湯了。難道她們是來報復我的嗎？」

下篇　小夥子雅內羅的另一面

他又開始大聲說:「我尊敬的女士們!請你們理解我的難處……」

在場的女人們沒有誰聽見他說話。她們就像是在大路上一樣大聲地議論著:「原來我跟你們這些好姐妹們說過,然東博就是想把我們口袋裡的錢榨乾,讓我們的生活……」

「誰想榨乾我口袋裡的錢啊?我告訴你們,不要想讓我從自己口袋裡再掏出一分錢……對了,薩布里塔大姐,你的孩子到底是什麼情況啊?他是更新還是留級啊?」

「誰啊,你是在問我嗎?你們大家看見我這張臉了嗎?我的臉會欺騙你們嗎?這個混蛋老師讓我的孩子留級——他這不是拿手指戳我的眼睛嗎?我一直渴望我的兒子能順利地更新。現在我已經感到椎心的痛了。難道這還不夠……」

正在這時,然東博老師說道:「里塔大妹子,請你聽我說一件事情啊……」

「對不起,請你不要叫我里塔,我的大名是薩布里塔!你的那種叫法會帶來厄運!」薩布里塔生氣地回答說。

然東博急忙說:「嗨,都一樣啊。」

「當然不一樣啊!你這麼個叫法,難道,我是你的女人或者是你的家人嗎?怎麼能一樣呢?你說怎麼可以一樣啊?」

「大姐們、大妹子們,當你們聽一個人講話的時候是不是應該專心聽啊?如果你們有什麼不明白的可以向我諮詢,但你們

二　然東博先生

不應該急著讓我結束這次的會議。難道，你們以為我們是在農村的田間地頭分甘蔗嗎？⋯⋯這當然不是分甘蔗啊。當我開始說給你們聽的時候，有些人一直不注意聽，根本沒有把我的話聽進去，而是三五成群地在自己的小圈子裡面開起小會。我實在是沒有興趣再從頭給你們講解了。最可惡的是，有些女人一直對我沒有禮貌。從一開始你們就沒有專心聽講，所以到現在你們都不清楚我在這裡說的是什麼。我所說的番茄的事情，根本不是你們這幫女人理解的那樣。我只是用番茄做一個簡單的比喻，想讓你們明白人生的大道理啊。」然東博老師一直在苦心地講解，試圖讓在場的女人能明白自己的意思。但是，他的話沒有造成任何的效果。一個女人大聲說：「你說的話根本不是比喻，我們大家已經把你看透了。」

「你們怎麼把我看透啦？我只是在這裡給你們做個簡單比喻⋯⋯」

「我們早已經把你看透了，你是一個徹頭徹尾的強盜。」一個女人在激動的情況下沒有掌握好說話的分寸。

然東博好像沒有聽清她的話一樣，竟問道：「你說我是什麼啊？」

「你到底騙了我們大家多少錢啊？」另一個女人說道。

「女士們，你們講話首先應該拿出證據，你們應該知道自己在說什麼，知道嗎？」

下篇　小夥子雅內羅的另一面

　　福斯塔大姐在一旁說：「我們當然知道自己在說什麼啊！大家心裡都很清楚到底該說什麼。你別在這裡威脅我們，我們大家不會怕你的，你這個混蛋！我們的孩子每天都來你這個學校學習，一天都沒有落下過；可是，最後你竟然告訴我們孩子要留級。你告訴我們，這些孩子為什麼必須要留級？猜想，有人想在月底的時候向我們這些冤大頭要學費。如果我們不向你支付學雜費，我們的孩子是不是會被趕出學校⋯⋯」

　　然東博反駁說：「哦！這些老娘們在這裡說的這些話沒有任何的證據。」

　　「我們怎麼會沒有確鑿的證據呢？難道你以為我們大家都是文盲嗎？」卡基烏達說。

　　「我並不是這個意思啊。」

　　「你以為我們手裡沒有你的證據嗎？我不知道其他人有沒有掌握你的證據，但我本人對你可是了解得一清二楚。我弟弟是學法律的，他的葡萄牙語說得非常純正，比你強百倍。你聽見了嗎？」

　　「哦，卡基烏達大妹子，我問你個事啊！」薩布里塔想起一件事情，所以她打斷了卡基烏達的發言。

　　「好的，薩布里塔大姐，你說吧。」

　　「你弟弟是學法律的，他是不是我們大家經常在村子裡看見的那個美男子啊？」

二　然東博先生

「是的,薩布里塔大姐,你說的就是我的弟弟。他是我們家的老小。從他很小的時候我就開始照顧他的生活和學習,也是我把他送到學校學習文化知識的,我把我自己的一切都給了他。雖然為了上學他花了家裡很多錢,但是很值得。他現在是一個頂天立地的好男人。現在他負責處理羅安達地區的很多刑事案件,而且,他出去執行公務的時候手裡還拿著手銬和監獄班房的鑰匙。他做的是法律方面的事情,當然可以順便替我們主持公道……如果這個混蛋老師總是欺騙我們普通老百姓,總有一天我會讓我弟弟把他抓到班房裡。」

「好了好了,我的大妹子們。你們大家先安靜一下,讓我們聽然東博老師繼續下面的發言。」一個坐在教室最後一排的老者站起身對大家說。他不喜歡不尊重老師的人。

「聽混蛋老師講話,真讓我生氣。他就是要向我們要錢,難道我們大家不明白他的意思嗎?他想讓我們大家支付小費,否則他就不同意讓我們的孩子更新。我的老哥,你說他的行為可恥嗎?」

「嗯,是很可恥!」老者回答說。

「你們大家說,他的行為不可恥嗎?」說話的女人像一位長者一樣在那裡調動在場所有人的情緒。

「可恥,可恥,可恥!」在場的所有人大聲喊道。這時,有些家長從教室一旁的窗戶溜出了會議現場。

下篇　小夥子雅內羅的另一面

「大妹子們，我們大家安靜一下。我們還是聽他繼續說下去，然後，我們再討論自己感興趣的問題。」

女人們慢慢地安靜下來。正在這時，阿澤韋多先生出現在教室裡。他是一個粗魯的男人，他追在一個小學生的後面跑進了教室，這名小學生便是雅內羅的表哥霍爾海。小夥子霍爾海一下子跳上一個板凳，然後從這個板凳跳到另一個板凳上。人們坐在教室裡看著這眼前的一片混亂，一些人則在那裡生氣地發表著自己的想法。只見阿澤韋多大聲地喊叫著：「嗨，這是誰家的孩子啊！我說大妹子們，誰能告訴我這是誰家的孩子啊？在這裡給我添亂。」他想抓住那個上竄下跳的小夥子，於是大叫道，「你們大家幫忙把這個調皮鬼給我抓住。」旁邊一個人問道：「大哥，這個小夥子偷你什麼東西了，你至於這麼生氣嗎？他偷你的錢啦？對了，這是誰家的孩子？」又聽另一個人說：「嗨，是不是這位大哥讓小夥子霍爾海去幹活，他不同意啊？」瞬時，在場人們的心中產生了很多的疑問，大家都不知道霍爾海究竟對阿澤韋多做了什麼事情。但有一點可以肯定，小夥子的闖入讓教室變得更加混亂。

小夥子霍爾海從一位老者的手中掙脫後又跳上一張桌子，跳過老者後又跳過另外一些人，最後，跳到一張沒有人坐的凳子上面。小夥子在桌子和板凳上面跳來跳去，身手十分敏捷，可以說如履平地。坐在凳子上的人們看見小夥子朝自己跳

二　然東博先生

過來，都趕緊往一旁躲。有人甚至趕緊躲在桌子下面以防他撞到自己。最後，小夥子跑到了然東博老師的身後。阿澤韋多先生追得氣喘吁吁，嘴角上溢位很多白色的沫子；那個時候的他就像是一頭髮瘋的野豬。他一步跨上講臺把然東博老師推到一邊，這下霍爾海沒地躲了。阿澤韋多試圖抓住小夥子，可是，當他從左側發起攻擊的時候，霍爾海馬上躲到右邊。就這樣，兩人是左躲右閃、你追我趕，但幾個回合下來，阿澤韋也多沒能抓住霍爾海。因為，在阿澤韋多出招之前，小夥子就能猜到他會出什麼樣的招式；所以，總是能躲過他。霍爾海是一個「經驗豐富」的搗蛋鬼。此時，然東博老師在一旁大呼小叫，霍爾海圍繞著自己的老師轉了幾圈，然後猛地把老師推向阿澤韋多，他自己則跑下了講臺。在場的人們不知道他們之間到底發生了什麼事情，所以，都在一旁觀看。此時此刻，抓捕者變成了兩個人，一個是阿澤韋多，另一個是然東博老師。

站在門口的小孩子們歡呼雀躍，他們按自己的喜惡加油助威：「抓住他！抓住他啊！」

「哎！走著瞧吧！」一旁的老者們說。

「是啊，他們倆肯定能抓住小夥子霍爾海！」一個老先生說。

「現在這些孩子真是一點禮貌都沒有，不論年老年少都會開玩笑。難道，他們連最基本的尊老愛幼都忘記了嗎？」

那時候，村子裡的孩子們都很調皮。小孩子們按照自己的方

下篇　小夥子雅內羅的另一面

式在這個世界上成長著。贊加多村的孩子們經常和上年紀的人們玩丟手絹一類的遊戲，卡森卡村和庫爾杜梅村的年輕人喜歡玩相互追逐的遊戲⋯⋯這些遊戲都非常盛行──是一些無法用貼切語言來解釋的民間遊戲。我們還是慢慢地去了解它們吧。

　　桑比贊卡村的小孩子們都很喜歡玩追逐的遊戲。或者說，他們喜歡相互追逐。他們總是喜歡躲藏在一處院牆拐角的地方──最好是一個讓別人找不到的地方，看著負責找尋他們的同伴從自己的面前經過。如果對方找不到躲藏的人就意味著對方失敗了。這時失敗的一方必須接受勝利一方的無情懲罰──勝利方在失敗方的身上從頭到腳拍打一遍；然後，他們從地裡或者垃圾堆裡面找一些小蟲子放在失敗一方的身上，以造成嚇唬對方的作用。有時一個小夥子成為了失敗方，小夥伴不知道從哪裡找到一個小蟲子放在他的身上。小夥子害怕地說：「哎呀，你們在我身上放什麼蟲子啊？難道是馬蜂嗎？你們千萬不能放馬蜂在我身上，你們要知道，馬蜂蜇人非常厲害。你們在我身上放的是什麼類型的馬蜂啊？」一旁的調皮的小夥子們根本不理會他所說的話，同時還要上下拍打著他不讓他再說話。如果有老先生看見小孩子們這樣玩，便會大聲喝道：「你們幾個毛孩子快給我停手。你們這個年紀怎麼玩危險的遊戲啊！」小夥子們見此情況便會撒腿跑掉。如果是一個女人碰見了便會大叫著說：「我的天啊！真是見鬼了，我再也不從這裡走了。以免被你

二　然東博先生

們這些毛孩子戲弄⋯⋯」

在新公墓村附近的小孩子喜歡玩一個叫「摔倒」的遊戲。直到現在我還記得玩那個遊戲的樂趣，就彷彿昨天剛剛玩過一樣。那個時候，一個叫卡波羅羅的老先生 —— 他是阿南哥拉村非常有名氣的木匠 —— 在新公墓村市場上售賣家具的時候遭到小孩子們的戲弄。後來，他抓住一個淘氣的毛孩子。他和這個毛孩子之間發生了很多有趣的事情。

那天，調皮的小夥子們站在大街上肆無忌憚地謾罵卡波羅羅先生，而這個時候他們的手中沒有任何可以防衛的工具，也沒有那些讓人噁心的小蟲子。孩子們大聲地喊叫卡波羅羅不是一個好木匠；而且，他們在他必經的地方放了很多香蕉皮 —— 他們希望看到卡波羅羅木匠能落入他們設計好的「陷阱」裡。

卡波羅羅走到自己的櫃檯前，用一把小掃帚清掃櫃檯的桌面和挨著他的另外三個女商販的桌子；同時，他還把這些櫃檯往一旁挪動了一下。因為三個女商販出售的是木炭，容易把他的貨物沾染上黑灰。他一直在那裡忙乎著，一會兒又拿起掃帚清掃，當他清掃一片石子地面的時候踩上了香蕉皮，一下子摔得四腳朝天。他摔倒的同時他的褲子發出「撲哧」一聲 —— 褲襠撕裂了，他的屁股暴露在外面。在場的人們看見眼前的一幕大叫了起來。

那幾天，卡波羅羅都忙著在自己家裡做木匠活，所以他竟

下篇　小夥子雅內羅的另一面

然鬼使神差地忘記穿內褲了。他的褲子開了襠，整個屁股都露了出來。所以，這個時候的他不知道是該先捂住前面，還是該先捂住後面。在場的人看見卡波羅羅尷尬的樣子都呵呵大笑起來。布設「陷阱」的搗蛋鬼們也站在那裡呵呵大笑，他們成了市場上最得意的人。這時的卡波羅羅不知道是該哭還是該笑，他覺得自己哭笑不得，他一直在那裡邊搖頭邊說：「這些孩子啊！哎呀，這些毛孩子們⋯⋯我不知道該怎麼說你們！⋯⋯」老頭卡波羅羅現在就像是被人放在火上烤的螞蟻般不知所措。

「喂，我說這位大哥，你別和這些不懂事的孩子一樣──這些毛孩子已經是沒皮沒臉了──你看看你的褲子都破成什麼樣子啦。」一旁看熱鬧的女人說道。接著，卡波羅羅一旁攤位上的女人大聲說：「看看你的褲子破的。」

「呵呵呵！」在場的人又大笑起來。

「卡波羅羅大哥，你抓好自己的褲子趕緊回家吧，難道你要在這裡做展覽嗎？⋯⋯」

「算了吧，你別管我了，我就這個樣子吧。」

「這位大哥，你住在哪裡啊？」

「我住在附近的阿南哥拉村。」

「你住在阿南哥拉村，難道會不了解這個廣場上的小毛孩子嗎？」

「我怎麼會知道他們能做出這麼出格的事情！我不知道這些

二　然東博先生

孩子們膽子怎麼這麼大，關於他們我是一無所知啊。」

「我的大哥，市場上的毛孩子都是害人精啊。你並不是第一個在這個市場上被他們捉弄的人。」

「哼！我現在就去抓這些可惡的孩子。」

「嗨，你到哪裡去抓他們啊？跟他們鬥氣不值得，他們就是這樣啊。猜想，這段時間他們都不會到市場來了。」

「可是，這些孩子實在是太可惡了。」卡波羅羅老頭嘟嘟囔囔地說著，這些談話多少化解了些他的尷尬。

在場的女人沒人回答他的問題，只是都勸他趕緊回家。調皮的孩子們卻還跟在他的身後看他的笑話。還有些人在給他講那些無法無天的小毛孩子們的所作所為。有個人說：「在這些小毛孩子當中有個小孩子叫小若昂，另外還有小馬努埃爾和托托沃等人。」但這些名字並不是他們真實的名字，而是他們的外號。他們曾經做過的最讓人窩火的一件事情是和一個上了年紀的老頭子開玩笑。那次，他們幾個毛孩子跟在老頭子的身後，趁著老頭子不注意一下子把老頭子推倒在地──這些孩子們一天到晚只知道惹是生非，甚至騙自己的家人和朋友。那個老頭子認為：「這些可惡的孩子連自己的爸爸都欺騙，這樣對待我這個糟老頭子有什麼可奇怪的。」以後，當老頭再碰見那些小孩子們的時候，表現出非常嚴厲的態度，而且再也不和他們嬉戲打鬧。所以，那些孩子們也不敢再和他開玩笑了，見到他就趕緊

下篇　小夥子雅內羅的另一面

躲得遠遠的。

　　這邊，卡波羅羅先生每活動一下，走動一步，都會招致哄堂大笑。認識他的，不認識他的，都在關注他：「這個老哥我好像認識啊！」「我的天啊，你認識這個男人嗎？！」「哦！不敢確定，但是，我覺得他非常眼熟啊。你看看他現在的樣子，難道是他瘋了嗎？哦，我想起來了，他是我勞琳達姑姑村子裡的老木匠！聽說我姑姑家的木床還是他親手幫忙加工製作的。你難道想不起來了嗎？」旁邊的人思考著說：「哦，是啊！我也想起來了！不過，為什麼他現在會成這個瘋樣子啊？而且，旁邊怎麼還有這麼多的女人？哦，我的天啊！我想起來了，他是澤・卡波羅羅先生嘛！」其他人聽見同伴的話更加注意地觀察褲襠破爛的卡波羅羅先生，並小聲說：「啊，原來是他啊……不過，這位先生怎麼會光著屁股滿街跑呢？昨天，在他們村子裡看見他的時候很健康啊，怎麼這麼快就變成了現在這個鬼樣子啊？」一旁的人還是半信半疑，不敢確定眼前的男人就是卡波羅羅先生。所以，他們大家慢慢地靠近光著屁股的卡波羅羅。等到卡波羅羅察覺的時候，他感到又羞又氣，於是加快腳步逃走。後面的那些人則一直跟在他的身後──他們一定要看清楚是不是卡波羅羅先生。卡波羅羅老頭在前面瘋狂飛奔，不大一會兒，便趕到了大馬路旁邊。他試圖穿過大馬路，但是幾次都沒有過去，因為這裡的車流量實在太大。馬路上的車輛來來往

二　然東博先生

往連續不斷,車流阻擋住他的去路。後面趕來的人們誰也不願放棄,都緊追不捨。不大一會兒,他們就跑到了他的身邊,並在那裡對他指指點點。

這時,卡波羅羅鼓起勇氣走到大馬路上攔下第一輛車,接著又攔下第二輛車,他快速地跑到馬路中央。在逃跑的時候,他用餘光發現身後有些女人還在試圖追他。他心想:「如果讓這些女人追上,我的臉可就丟大啦。這些女人是附近村莊有名的大嘴婆、小喇叭,如果讓她們認出來是我,那麼我非要瘋了不可。」卡波羅羅心裡一邊想一邊攔下第三輛車,當他走過第三輛車的時候並沒有注意到從另外一個車道上飛速開來一輛大車。那車車速飛快,瞬間開到他的跟前,嚇得他傻傻地站在馬路中間,只聽見「砰砰砰」的幾聲,大車一下子撞在馬路牙子上面。卡波羅羅趕緊鬆開抓住褲襠的手,順勢做了一個「滾地龍」才算穿過了大馬路。他沒有停下腳步,雖然他被突如其來的大車嚇得魂不附體,心臟都差點從他的身體裡跳出來。

讓我們再來仔細地描述一下他究竟如何過馬路的吧。當時,很多的汽車以及汽車的鳴笛聲嚇得他一會兒往這邊躲,一會兒又往那邊跑,像一個沒有靈魂的殭屍在馬路中間跳舞。一些開車的人下車來要好好教訓他一頓,可是當他們看見他的樣子時都大笑起來。一些人站在那裡樂呵呵地看著他,另一些人則注意著過往的車輛。一個車主走過來威脅要開車撞死他。不

下篇　小夥子雅內羅的另一面

過，光屁股的卡波羅羅總算是站在了馬路中央。當他被飛速衝來的汽車嚇得屁滾尿流時，他的黑色皮膚引起了司機的注意。司機一打方向盤，把車開向了旁邊的人行道，這才導致車撞到馬路牙子上。大車司機第一次試著把車從馬路牙子上開過去，結果失敗啦。那條路上的馬路牙子比較高。他第二次又試著把車從馬路牙子上開過去，但是還是失敗了。接著，又開始第三次，他看見有一處馬路牙子已經被撞碎了，所以他把車往前開了一點，車子就慢慢地上去了。他把腳踩在煞車上面停好汽車。這時，圍觀的人才看見大車司機的臉色發青，額頭上滲出了汗水。他跳下車大罵道：「你這個混蛋黑人！蠢貨！找死啊！你以為你身子硬嗎？」看來司機也被眼前發生的事情嚇了一跳，想來他的心也在怦怦狂跳。大車司機是一個白種人，身體高大肌肉強壯。他鼓起的啤酒肚也非常大，這使他看上去像一隻呱呱的青蛙。他長著大鬍子，手臂上面也都是濃密的汗毛。他的臉被炙熱的太陽晒黑了，嘴裡面叼著一根又粗又長的雪茄。他的外形看上去像是一名國際警察。

在白人下車之前，卡波羅羅老先生已經從公墓牆角處的小巷子溜走了。

「你給我滾過來，讓我教教你怎麼橫穿馬路！」說著話，白人抓住了一個小夥子的衣領子，並把他往馬路旁邊的人行便道上面拎。

二　然東博先生

「不是我，你抓錯人啦！那個人已經逃跑了。」小夥子大聲喊叫著。

「你這個混蛋，你給我滾過來吧。」

「不是我，你抓錯人啦！我說的都是實話啊！真的不是我……」

白人把小夥子拽到人行便道上面後，又開始把他往自己的車上拉。他拿起一串鑰匙，把車廂門打開。等他打開車門之後，小夥子才明白這個白人想讓他坐進去。小夥子態度堅決地拒絕了。

「哦，真的不是我啊！不是我橫穿馬路！你想想，你看到的人是我嗎？那個人早逃跑了。你為什麼一直認為我是那個橫穿馬路的人啊？！我告訴你，那個橫穿馬路的人已經從那個巷弄逃跑了！」

「你說那個人不是你？你這個垃圾！你別浪費我的耐心啊！」白人生氣地說。

「哦，我說多少遍了，那個人不是我啊！不是我橫穿馬路，你為什麼要拉我走啊？剛剛橫穿馬路的那個混蛋已經逃跑了……如果你不相信，可以問問其他目擊者……我現在還要去我法蒂瑪大姨家裡做客！……我可沒有時間在這裡和你矯情，我的姨媽在家裡等著我呢。這位先生，我再說一遍，剛剛橫穿馬路的人百分百不是我。我的先生！」小夥子苦苦辯解。

白人看見小夥子想趁機逃走，便把自己嘴裡的雪茄狠狠地

下篇　小夥子雅內羅的另一面

扔在地上。他用力將小夥子的手擰到小夥子的後脖子上，並將年輕人捆了起來；然後，他又用力地把年輕人往大車的車廂裡推。小夥子是土生土長的羅安達人，他決定使出自己的看家本領反抗。他大聲說：「首先，我是一個年輕人，出於禮貌沒有和你這個白人對著幹。第二，對於剛剛發生的意外事故，我也非常同情你這個白人先生。剛剛那個混蛋讓你受到很大的驚嚇，我從心底裡能感覺出來你的心情肯定難以平復。可是，你這個白人想把我這個好人抓走，你們說天理何在？」

小夥子展示著自己的口才，他想讓所有經過事發現場的人們了解事情的真實情況。他對著眼前的人們說，他根本不是那個橫穿馬路的人。

「你跟他去吧！」一旁的人說道。

「你就跟他去吧，看看那個白人能把你怎麼樣啊。」

「是啊，你別怕。現在是我們有理啊。」

與此同時，還有一些人大聲喊叫著：「別跟他去，小夥子！你可千萬不要跟他去啊！」

在那個貧困不堪的村子裡，人們都有一股堅持的勇氣。萊托雷斯先生剛剛抵達事發現場，但是，聽了小夥子的解釋後他對該件事情的來龍去脈有了大致的了解。

由於那條大馬路通往繁華的高爾夫區，所以在這條馬路附近經常發生類似的交通事故。在這條馬路旁邊有一座小型的加

二　然東博先生

油站，加油站的後面有一棵非常高大的麵包樹。今天的交通事故便發生在這棵麵包樹附近。

「先生，請你把你的手拿開⋯⋯難道我是你們白人嗎？我什麼錯事都沒有做，你為什麼要把我帶走啊！」

「快上車！如果你不上車，小心我打破你的頭，你個烏龜王八蛋！⋯⋯」白人用力地把小夥子推到汽車的車廂裡面。小夥子在車廂裡面蜷縮著身體，快形成一個圓了，像個被扔進河裡的魚餌。白種葡萄牙人站在那裡展示著自己那副強壯的身板。在場的沒有一個人願意去幫助白種人。不過，總是有白種人停下車子或者是按車喇叭，詢問白人司機是否需要幫助。有些白人甚至走下車問事情的經過。一個白人停下車說：「嗨，哥們！需要我幫忙嗎？我幫你把那小混混拉到軍事警察局⋯⋯」

這個強壯的白人司機說不需要。因為，他覺得他處理起這件事情來已經是綽綽有餘了──他一個人就可以把那個小夥子拎到車廂裡。

「你這個黑人雜種⋯⋯竟然在這裡給我找不痛快，我看你是找死啊！⋯⋯」白人司機站在一旁號叫著，整個人都被汗水打溼了。不過，年輕人並沒有被他的霸氣嚇到，他伸出雙腿狠狠地夾住白人的雙腿。

一旁圍觀的人說：「年輕人，千萬別跟他走啊。」

「別跟他走，跟他拼了！你是安哥拉人就使出我們的看家本

下篇　小夥子雅內羅的另一面

領，別給老祖宗丟臉⋯⋯」

從巷弄口傳來很多給年輕人加油助威的聲音。

但是，他們只是在口頭上表示對年輕人的支持——根本沒有任何作用。他們站在巷弄口搖頭晃腦、指指點點地讓年輕人聽從他們的建議，也一直沒有停止對這個年輕人的議論。或許，黑人不知道怎麼才能團結起來，他們眼看著年輕人被一個白人拳打腳踢，卻只是站在巷弄口大呼小叫地議論。他們像是一個個遠端的遙控器，只知道站在遠處對自己的同胞指手畫腳，卻沒有人上前幫助年輕人脫離白人的控制。

「那些總是在村裡面胡作非為，抓別人的脖子，欺負小女孩的人，都去哪裡了？看見你們這樣的男人讓我們安哥拉人覺得丟臉。我們有骨氣的安哥拉人不會像他們那個樣子。」

「哎呀，我現在老啦，不能像年輕時那樣無所顧忌。可是，你們這些年輕人應該⋯⋯」幾個老先生對著那些指手畫腳的年輕人說。那些站在巷弄口的人們一直在吵吵著，他們根本沒有想幫年輕人的意思。

當然，事情進展得非常快。之前那個白人的雙腿一直被躺在車上的年輕人夾著。但是此時，年輕人卻被白人死死地壓在地上。他像個秤砣一樣壓在小夥子的身上。不一會兒，小夥子又一次被白人塞進車廂裡。但是，這次白人卻沒有足夠的力氣把車門完全關閉。因為，在他關門時，小夥子使出吃奶的力

二　然東博先生

氣踢蹬著腿卡住車門,並且還趁機把車門踢開,縱身一躍跳出車廂。白人還被小夥子重重地打了一巴掌。小夥子和白人在車子旁邊廝打起來。白人試圖找機會打倒年輕人,但是,他的意圖被年輕人識破,在他拳頭打過來的時候年輕人迅速躲開。不過,小夥子用力過猛,身子一下子撞在了汽車上。小夥子只覺得頭暈目眩,白人趁機用頭頂住他。

　　站在巷弄口看熱鬧的人們看見小夥子被打,都站在那裡大叫:「哦哦哦!」小夥子知道自己不是白人的對手,找了個機會拔腿就跑。很快,他跑到一條巷弄口。白人司機不依不饒,從備份廂裡拿出一根鐵棍就想去追趕小夥子。這時在一旁看熱鬧的人們都上來勸阻,他們對白人說,那麼做實在是太危險了。因為他可能不知道,那個年輕人也是附近村子裡有名的小混混,他也有自己的幫派,電影裡面血腥的場面在這個村子裡也經常上演;再說,他是這裡土生土長的本地人,人脈關係非常廣。俗話說:強龍不壓地頭蛇。千萬不要拿著鐵棍滿街跑,這樣會激起眾怒。當時,現場的年輕人人人吹口哨、拍巴掌,甚至是大呼小叫。小夥子趁大家起鬨的時候逃走了。他翻過一條小巷,消失在幾棟小房子後面。白人仍然火冒三丈,不過,再生氣也無濟於事。他重新跳上駕駛室,發動汽車,踩一腳油門離開了。

　　捫心自問,這件事情誰該負責任呢?難道不是那些愛玩「摔倒」遊戲、愛跳基松巴舞的小毛孩子嗎?

下篇　小夥子雅內羅的另一面

在高爾夫地區，基松巴舞蹈又被稱作庫吉娜，只要你會跳，這裡的人任誰都會在舞廳裡面非常高興地和你一起翩翩起舞。

這個村子裡的小孩子總是喜歡捉弄別人。有時候，他們會找一些破布條，把布條上面蘸滿汽油或者柴油，點燃後塞到人們的身後。有一次，一個老先生不注意，小孩子們把燒著的破布條塞到老頭的腰帶裡。立刻有人告訴老先生說：

「老先生，看看你的褲子，快燒著啦！你一定要注意這幫毛孩子。」

老先生站在原地上下左右仔細地打量自己身上的衣服。

「你們是在拿我尋開心嗎？我的褲子哪裡燒著了？」老頭不相信自己的褲子被燒著了。

「是真的，老先生。你的褲子起火了，不相信的話看看你身後！」

當老頭轉過頭看自己身後的時候，大聲叫起來：「啊啊啊！我要被火燒死了……身上怎麼會起火呢？！我已經戒菸快五個月了。這到底是怎麼回事？你們在我身後到底放了什麼東西……」老頭一邊說一邊跑。一會兒跑這邊，一會兒又跑到那邊。當他跑動的時候，火帶子一直跟著他跑，像是在跳舞一樣。在場的人們看著眼前的一切卻笑不出來。

那些上年紀的人都非常了解小孩子們，知道他們的逃跑技

二　然東博先生

術「嫻熟」。在教室裡，老頭阿澤韋多在抓霍爾海的時候往前一撲，卻一不小心抱住了然東博老師。在阿南哥拉村，小孩子們特別喜歡和上年紀的人做一個名叫「擁抱」的遊戲。

但現在卻是阿澤韋多先生狠狠地抱住然東博老師。阿澤韋多知道不小心抱錯了人。此時，然東博非常嚴肅地看著阿澤韋多。其實，然東博也為自己教育出來的學生不懂得尊重別人而略有羞愧。阿澤韋多輕輕一推，把然東博老師推到教室的一個牆角處。然東博還沒弄明白自己是怎麼到的牆角，就見阿澤韋多順手拿起一個凳子要去追霍爾海。

一個孩子跑過去抓住了阿澤韋多的手臂說：「你不能這樣做啊！他到底犯下什麼錯？」

阿澤韋多大聲說：「我不想給你們做任何的解釋。誰都別管，我今天一定要好好教訓一下霍爾海。」

「為什麼要教訓霍爾海，他到底犯下什麼錯誤？」一旁的人勸阻說。

「今天一定要給他點顏色瞧瞧！看他以後是否還敢捉弄我⋯⋯為什麼這個孩子讓人這麼生氣？你們看看我的頭髮，都快掉光了。」阿澤韋多一邊說一邊在人群中抓霍爾海。

「這位大哥消消氣，別追啦。」一幫女人也勸阻起來。

「阿澤韋多老哥，別追啦！」

「是啊，老哥，你別追啦。原諒小孩子的無知！」

下篇　小夥子雅內羅的另一面

「他也不是你的孩子,教育他不用你費心,你就別再追啦。」

「阿澤韋多老弟,你是怎麼啦?看你現在的樣子像是喝醉酒⋯⋯」

「對啊,你是不是昨天晚上又陪著酒瓶子睡覺啦?」所有的人都在勸他不要再繼續追霍爾海了。

「他去哪裡喝酒啊?大家不知道阿澤韋多是從來不喝酒的嗎?他生來就是一副紅面孔。」一個中年女人說道。

「算了吧,大妹子。你看看他現在的臉,明明是喝醉酒了,你怎麼還說他從不喝酒。」一個男人回答說。

一個走到阿澤韋多身邊的老者也大聲地說:「對啊,他的確是喝醉了。」

「對啊!那我們要不要好好教訓他一下?」

「這麼多老爺們在這裡,難道沒有本事把一個醉漢抬到教室外面去嗎?」一個女人大叫道。

「對,大傢伙加把勁把這個醉酒老頭抬出教室。大家不能在這裡浪費時間⋯⋯」

「你們不能把我抬出去,誰都不能這麼做。」阿澤韋多用手指著在場的人並用帶著些威脅性的口吻說道。

那個做手推車生意的年輕人站起來大聲說:「我們不把你抬出去,教室裡的會議還能繼續開下去嗎?」

二　然東博先生

　　阿澤韋多老頭看了他一眼問他:「怎麼啦,你想跟我打架嗎?」

　　「這裡沒有任何人想和你打架,也沒有人願意和你打架。只是想讓你這個大人放了那個孩子。你剛剛已經打了小毛孩一巴掌,難道你還想在這裡想殺了他嗎?」

　　「小毛賊,給我小心點!我一定要讓你見識一下什麼是男子氣概,也要讓你知道啥是自作自受!」阿澤韋多衝著霍爾海喊道。

　　小夥子流了很多汗,全身通紅,但他並不懼怕老頭子阿澤韋多的恐嚇,他說:「我在這裡等著你,看你能拿我怎麼辦!有能耐我們到空地上打一仗。」

　　阿澤韋多先生沒有繼續和小混混打嘴仗。站在他身後的一個中年婦女對他說:「大哥,你為什麼這樣對待一個孩子啊?難道你沒有兒子嗎?現在的毛孩子都是這樣無法無天。再說,他已經逃跑認輸了,我們不能不依不饒啊。」老頭阿澤韋多不聽她的勸阻,還是想去和小夥子打架——這個霍爾海已經不是第一次捉弄老先生了。

　　一個年輕人站到阿澤韋多的前面,擋住了他。年輕人說:「今天我在這裡,誰也不能動他一根汗毛!」

　　看見有人行動了,另一個小夥子也站了出來。接著,一位老頭、一位老太太和一個年輕人也加入了。他們大家合力想把

下篇　小夥子雅內羅的另一面

這個醉酒的阿澤韋多老漢抬出去。當時,老漢嘴角裡溢位白色的泡沫,整個身子都被汗水浸透。他嘴裡不停地抱怨著阻止他教訓霍爾海的人,還試圖從負責抬他出去的人手中掙脫。

渾身是汗的阿澤韋多像是在全身塗了機油,他們幾個人不知道從哪裡下手才能把這個老漢抬出教室。

一刻鐘過去了,他們幾個人還是沒有辦法把阿澤韋多抬出去。

一位年輕人一直坐在教室的牆角處,像一張被人遺棄的廢紙。他坐在那裡看著眼前發生的一切。年輕人長相非常帥氣,自從他走進教室以後便坐在那裡聽大家的意見,沒有說一句話。他非常沉默,以至於,不像一個活生生的人,而像是一座雕塑。但這時,他把衣服袖子捲了起來,慢慢吞吞地走到阿澤韋多近前。一聲清脆而響亮的巴掌聲讓教室立刻安靜了下來。年輕人讓大家鬆開阿澤韋多老漢,人們立即鬆開了老頭。阿澤韋多老漢的腦袋還在搖晃著,一下、兩下、三下、四下,他還沒有從那巴掌下恢復過來。老漢是混血人,此時,他的身體從頭到腳都泛起紅色。突然間,阿澤韋多使出全身的力氣推開眾人找了一張凳子坐在上面。那個沉默的年輕人走過去開始問阿澤韋多:「你跟我說說,那個小毛孩到底怎麼惹你生氣了?」

老漢像是剛剛從夢中驚醒一樣搖著頭回答說:「沒有啊,沒有招惹我啊,曼吉亞麻老弟。」

二　然東博先生

「你說什麼啊？我沒有聽見！」年輕人提高了聲音。

「沒事啊,他沒有惹我,曼吉亞麻老弟。對不起,曼吉亞麻老弟,對不起!我沒有看見您在這裡……剛剛我是在和毛孩子鬧著玩……」

在場的人們都站在那裡直勾勾地看著站在人群當中的年輕人曼吉亞麻!當時,教室裡異常安靜,在場的每一個人的呼吸聲都讓人聽得一清二楚。

曼吉亞麻不緊不慢地說:「好吧,既然大家都沒有什麼問題,我們還是安靜一點吧!」

阿澤韋多老漢滿是汗水的身體在微微抖動。

年輕人曼吉亞麻回到自己的座位上坐下去。在場的所有的人在看到那個鼎鼎大名的曼吉亞麻之後,心裡或多或少都有一些害怕和膽怯——在他們這裡,「曼吉亞麻」這個名字的意思是「強壯的人」。

「女士們、先生們,我們現在繼續開會,你們沒有必要害怕我啊。」曼吉亞麻對大家說。可是,那些男人們依舊害怕,膽小些的嚇得差點尿褲子。霍爾海也被眼前的情景震住了,他老老實實地坐在了座位上,再也不敢跑到阿澤韋多老漢身後捉弄他了。

傳說,曼吉亞麻是一個擁有神奇力量的人。很多人說他被倫東渡村的卡翁博老太太施過法術。

下篇　小夥子雅內羅的另一面

　　實際情況是，老太太給曼吉亞麻使用了一種當地的土生藥材，這種藥材可以提高人的興奮度，讓人保持一種精神飽滿的狀態。

　　除此之外，老太太卡翁博還給了他一根特殊的木棒。曼吉亞麻拿著那根神氣的木棒和人戰鬥，並用這根木棍擊打得對手滿地找牙⋯⋯（那種慘烈的景象實在是常人難以想像的，我們找不到一種詞語來描繪他們打鬥時的慘烈。不過，場景都紀錄在我的小本子裡了）

　　然東博老師戰戰兢兢的，但他還是鼓起勇氣開始繼續講解關於升學學生和學雜費的事情，雖然他心裡一直在打鼓。很多人想靠曼吉亞麻近一些，以便好好觀察下這個神奇的青年。年輕人在附近的村子裡非常出名，因為他從來不懼怕那些白人，而且他還是一個不苟言笑的人。一些人本來不想聽老師講話，可是，看見曼吉亞麻坐在那裡，他們只好也乖乖地硬著頭皮繼續聽然東博的嘮叨。然東博看著大家坐在那裡一言不發，心裡特別緊張；以至站在講臺上緊張地講不出話來。整個教室又一次安靜了下來。

　　做手推車生意的小夥子忽然朝著外面大喊了一句，彷彿外面有人在呼喚他一樣。其實是他假裝外面有人叫他以便他能出去做生意：「剛剛是誰在外面叫我的名字啊？我得馬上出去啊。對不起，借個光，我出去一下。」他一邊說一邊往外走 —— 他

二　然東博先生

　　刻意不從曼吉亞麻的面前走。出了這個教室，這下他可是自由啦。做手推車生意的小夥子是一個很不錯的人，只是他從來不敢和曼吉亞麻這樣的人打交道。

　　安靜、恐慌繼續充斥著整間教室。然東博老師在紙張上胡亂寫著什麼，然後，他在紙張上面做了幾個標記。但是說實話，連他自己也不知道做的是什麼標記，他只是在那裡消磨時間。這時一個老頭子站了起來——同樣，他心裡也很害怕，身上流著汗——他先向大家問好，然後大聲說：「尊敬的先生們，如果大家沒有什麼可說的，我覺得大家可以回家啦。我們大家大眼瞪小眼地坐在這裡，好像我們都是盲人一樣！」

　　說著，他用餘光掃了一眼坐在一旁的曼吉亞麻又接著說：「你說呢，曼吉亞麻老弟……我說得對不對啊？」

　　「是啊，你說得對啊，老先生！不過，我有一件事不是很明白，想問問我們的然東博老師。」年輕人曼吉亞麻接受了老頭的意見。

　　「老弟，說說你不明白的地方，我們大家也坐在這裡聽聽啊。」

　　曼吉亞麻停頓了幾秒鐘的時間，他想著自己要提的問題，然後，咳嗽了一聲說：「然東博老師，請問這個班裡有一個叫西蒙・阿德里亞諾的學生嗎？」

　　然東博整個人陷入緊張中，他站在那裡翻動著桌子上的筆記本，然後，用一根手指在筆記本上來回滑動著尋找。當他找

下篇　小夥子雅內羅的另一面

到這個名字的時候回答說：「有啊，老弟，我們班有這個學生。」

「我想問一下，他是更新還是留級啊？西蒙・阿德里亞諾是我的姪子。」

「哦！太好了……這個學生……啊……這個學生……我是想說，我非常喜歡這個孩子。他平常在學校表現可以。但是他沒有……他沒有能……我是想說，我現在還不敢確定他是否能更新。不過，我給你說實話，他沒有能夠……」然東博看著曼吉亞麻吞吞吐吐地說。

「然東博老師，我的姪子是更新還是留級啊？你直接跟我說，不要遮遮掩掩的。請你直接跟我說，我不是很明白你的話啊！」

年輕人曼吉亞麻蹺著二郎腿，眼睛直勾勾地看著然東博。現在的然東博感覺自己的脖子後面一直冒涼風。他結結巴巴地說：「不，你的姪子還可以啊！西蒙・阿德里亞諾小夥子更新了！對不起，老弟！我剛剛講得不是很清楚。我把你姪子的名字和另外一個孩子的弄混淆啦。現在我看清楚了。一個學生叫西蒙・阿德里亞諾，另外一個學生叫西蒙・弗蘭西斯科。剛剛我把他們兩個人的名字弄混了，你的姪子西蒙・阿德里亞諾他可以更新……」

「讓我們親眼看看你的本子啊！」一個女人吵嚷著，「像他這樣的人怎麼能在村子裡當老師呢？！怎麼能是老師呢？」

二　然東博先生

「我不是老師，我是什麼啊？」然東博問道。

「你就是一個賊！我告訴你，如果我的兒子留級，我就把你送到軍事警察局。為什麼這個學生可以更新，其他的學生不能更新啊？」

「女士，你閉嘴吧！最好不要再說話。你可以去軍事警察局叫你的親戚幫忙，不過，我告訴你，我從不畏懼任何人的恐嚇。」

「好！我們走著瞧。」女人大聲說。

「你的兒子是一個差學生，還是一個逃學大王。你想讓我怎麼幫你？我已經不是一次兩次叫你到學校來了吧？可是，你知道為什麼我讓你到學校來嗎？你自己的孩子你不教育，現在要我怎麼幫你啊？」

「你是怎麼幫助曼吉亞麻──就是這個年輕人的姪子的？」

「這個年輕人的姪子學習成績優異，所以，我才讓他更新。」

「不對！是你害怕這個年輕人你才讓他的姪子更新。你心裡害怕這個強壯的年輕人。」

「這位女士，我並不是害怕他。那個學生的學習成績的確非常優異……」

「你就是因為害怕他，並不是因為他姪子的學習成績好。你直接回答我們的問題，不要在這裡拐彎抹角……」

下篇　小夥子雅內羅的另一面

「我怎麼拐彎抹角了？你們讓我怎麼說？我尊敬的女士們、先生們，今天我已經講完我自己要說的一切了。」然東博打斷了那女人的講話，他不想再繼續探討此類話題了。這時，所有的女人都站起來說：「你說什麼啊，會議結束？然東博，你怎麼能這樣結束會議？！我們還有很多問題沒有得到解答。你怎麼能以這種方式結束我們的談話？」

「你們在這裡還想說什麼啊？你們剛剛說得還不夠嗎？」然東博反問道。

「大家還有很多話沒有說，我們看見很多沒有底線的事情，這關乎一個像賊一樣的老師……」然東博聽到這裡微笑起來。

「你笑什麼啊？我看你過不了多久就要哭出來了。」

「我自己想笑，你們管得著嗎？你們知道我為什麼笑嗎？我們坐在這裡這麼長時間，卻沒有說出一句有用的話。現在，到了會議散場的時候了，你們卻說有很多話沒有說。你們到底想說什麼啊？你們還說我像一個賊，你說說哪個賊會像我一樣啊？」

「然東博老弟，並不是我們大家不想說。」薩布里塔看看一旁的曼吉亞麻繼續說，「我們大家心裡有很多話要說。可是，這是我們第一次近距離地看這位年輕人啊，所以我們心裡多少有點害怕。我們大家一直都在聽他說話……關於你像賊的事情，我們心裡都知道，你是一個很不錯的老師。當然，你自己心裡

二　然東博先生

也應該明白。剛剛是我這張破嘴一不小心說漏嘴了。」薩布里塔一臉嚴肅地說。薩布里塔是一個辦事嚴謹、一絲不苟的女人。她也一直想向大家展示出她的堅韌。當然東博拔腿想要離開教室的時候，她大叫著他的名字。

「什麼你的破嘴？我的大妹子，你到底想說什麼？」

「我是一張破嘴啊！其實，你什麼都沒有做。你什麼錯事都沒有做啊！」

「你剛剛還說他是一個賊啊！」圖圖利亞女士說道。

「大家聽老師說吧，讓他把話說明白啊。」薩布里塔說。

「你這個老娘們讓我說什麼啊？」然東博問道。

「你把在學校裡發生的一切事情都給我們講清楚。」

然東博心裡非常生氣，他憤怒地站在那裡一言不發——這天已經發生了不止一次兩次的爭執了。

「我們看你怎麼安排我們的孩子。如果你讓我們的孩子留級，我們會給你點顏色瞧瞧。大家會讓你知道做賊的下場。每個小偷都有他自己偷竊的方式。我們知道，每個人只能靠自己的辛苦勞作才能得到美味的麵包；但是，如果你靠竊取的方式弄我們的錢那是絕對不可以的。今天，我們丟點錢，說不定明天可以賺回來，大家會努力為明天工作。我們努力地工作是為了自己的兒女。我們把自己的孩子交給你，你應該盡職盡責地教育他們，你聽到了嗎？我們希自己的孩子能得到獎學金，這

下篇　小夥子雅內羅的另一面

不該只是我們全體家長的願望,也是你的願望。但你把自己的孩子也安置在這個學校,你是不是想搶占獎學金啊?現在,你作為這個學校的老師,你做出了什麼成績?我們的孩子在學校很長時間了,連簡單的字母 A 也不會寫。這樣下去我們的孩子豈不是要成為大字不識的文盲嗎?我們尊敬的神父夫婦在這裡創辦學校,讓你在這裡負責教學,可是,你怎麼能這麼不負責?!我們知道剛剛說的這些話你會反對;可是,必須讓你明白我們不是傻子,我們來這裡並不是來跳舞的⋯⋯」

「是啊,我們想讓你知道,大家反對你這樣的教學方式。現在我們都別走。」

「我們都別走!今天就讓然東博付出代價。」

「對啊!我們不能這樣結束會議。如果他不理會我們的抗議,我們就不能結束會議。」

那些女人們一邊說著話,一邊慢慢地靠近然東博:「然東博,如果你在我們蘭熱村,我早把你這張豬臉打扁了。混帳東西,瞧瞧你那張讓人厭惡的臉!」

「怪不得然東博要從臨近的村子到我們村子裡來執教。你肯定是在那個村子裡騙取了很多家長的錢。」

「你說的是真的嗎?」

「你們不知道他的所作所為嗎?」

「我們不知道他在那個村子的事情啊!」女人們異口同聲地

二　然東博先生

說。卡吉達女士認真地講了然東博在附近村子的工作情況。她清了一下嗓子說：「以前，然東博是一個好老師。但是，他的土匪做法斷送了他的前程。他來這個學校教學之前，曾經在鄰村的小學任教。」

「哦，真的嗎？」

「當然，就是那個臨近的村子。那個村子的全體村民拒絕讓他為自己的孩子當老師。有一次，學生家長們還聚集在一起把他打了一頓。不得已他才在家裡休息了一個月的時間。」

「這麼說，我們這些孩子成了那些孩子的替代品，是不是啊？」

「大家又不是弱智，為什麼要讓孩子們當替代品！我們也應該進行反抗啊。也許，他是掐住了我們的軟肋，知道我們不敢對他動手。如果他承認自己的錯誤，我們可以不再追究他的責任，不再討論此事。畢竟在家裡負責打鳴的是公雞，它可不想做奴隸。希望然東博他也會慢慢地改變。」

一個女人高聲說：「是啊！然東博是掐住我們的軟肋啦！」

「那又怎麼樣！難道我的孩子在這裡上了三年學卻只能在同一個年級嗎？」

婦女們靠近然東博說：「如果你認為你抓住了大家的軟肋，那你就完全想錯啦，你聽見了嗎？那個村子裡的女人能做出毆打你的事情，我們這個村子裡的女人也可以。你如果不相信我們走

下篇　小夥子雅內羅的另一面

著瞧。」女人們揮起巴掌「啪啪」地重重地打在然東博的身上。她們接著說：「你小心一點，別認為我們女人都是吃素的……」

然東博老師被幾個女人連拍帶打，作為一個男人他應該進行防衛；但他卻沒有進行防衛，反而選擇了躲藏——推來揉去，以至講臺上的紙張和粉筆散落一地。女人們一直對他不依不饒，一旁的老者和孩子們趕緊上前勸阻；但是，他們的勸阻沒有任何作用。然東博被在場的女人們圍在了正中間。

「你們千萬不能動手打老師，我們君子動口不動手啊。」

「好啦，姐妹們，大家別動手打人啊！」

「你們放過這個男人吧。」

但是，那些女人們並不願意饒恕然東博。看來只有曼吉亞麻才能勸阻她們。曼吉亞麻慢慢吞吞地站起來，走到她們身邊勸阻她們說：「大姐們，你們有自己的道理。我剛剛坐在那裡已經聽見了你們的對話，覺得你們說得都很有道理！但是，還請你們大家饒恕這位老師吧。」

「我們說得都對吧！這個混蛋老師竊取我們的錢已經很長時間……以前，我們都沒有把事情說清楚。」一個女人回答。

「是啊，我的姐妹們！這次我們饒恕他，再說了，這世界上誰沒有犯過錯誤呢？」

「你說的一切我們都明白，但是，你不能這麼打斷我們的談話！」

「好吧,我的大姐。我不再多說什麼,我現在求你們不要難為他!」

「好吧。這次我們看在你的面子上,饒恕這個混蛋然東博。」

「好的,好的,如果不是看在你曼吉亞麻幫他求情的面子上,今天,必須讓他嘗嘗我們的無敵神拳。」

「好,我明白了。你們這麼做都是看在我的面子上。」曼吉亞麻點頭說。

「我們饒恕他是看在你的面子上。不然,我們才不能忍受這樣的惡氣。」

說完,在場的女人們開始慢慢地散開了。然東博老師像一個霜打的茄子,他已不知如何是好了。不大一會兒,那些女人們都離開了那間教室。

三　冒著炮火前進

拍打然東博的人之中,有個阿南哥拉村知名的女人,她名叫瑪麗亞‧波羅塔,然東博在學校的所作所為惹怒了她。霍爾海和阿澤韋多老漢兩個人的事情在村子裡也慢慢傳開了。

這一天,瑪庫拉塔女士跑到學校裡向老師告狀,說在自家

下篇　小夥子雅內羅的另一面

院牆上寫了很多標語，比如：「雅內羅在巷弄口等著狠揍瑪麗亞。」瑪庫拉塔女士的女兒瑪麗亞也在這所學校上學，所以做母親的認為雅內羅是這幫寫標語的毛孩子的頭頭。但是實際上，這件事情和雅內羅沒有任何的關係。在那些孩子寫這些標語的時候，雅內羅還沒有轉學到阿南哥拉村，他還在贊加多村上學。然而然東博老師不肯聽雅內羅的解釋，他固執地認為一切都是雅內羅所為。他心中一直對雅內羅這個差生存有偏見，也不聽其他學生的解釋；況且來告狀的女人還是曾在學校裡重重地賞給他幾巴掌的女人。於是，心中惱火的然東博老師把所有的怨氣都撒在了雅內羅的身上。

小夥子們看見自己的老師這樣不講理，心裡非常生氣，他們決定在隨後的教師測評當中對他進行「報復」。

一切正如孩子們預想的一樣，學校組織學生們唱國歌（此時，安哥拉為葡萄牙殖民地，所唱歌曲為葡萄牙國歌。下文中的國旗也指葡萄牙國旗）時，學校的贊助人安布羅西奧神父和他的妻子安吉麗娜兩個人前來學習觀摩，同時，兩人要對然東博老師進行職業測評。可是，讓他們兩人生氣的是，在國歌演唱中出現了髒話。

然東博老師的心裡非常著急，他聽出這句髒話是從教室的最後面傳出來的，便拿著手中的棍子嚇唬後面的學生。安布羅西奧神父向他打了個手勢，讓他不要著急，並示意學生們再唱一遍。

三　冒著炮火前進

然東博手中的教鞭上下翻飛，幫學生們打著節拍，他開始唱：

海上的英雄，高貴的人民，

英勇與永恆的國度，

讓今天再次彰顯葡萄牙的輝煌吧！

在記憶的迷夢中，

祖國發出她的吼聲：

你們偉大的先烈，

一定會領導你們直至勝利！

武裝起來！武裝起來！

捍衛疆土！保衛領海！

武裝起來！武裝起來！

為祖國戰鬥吧！

冒著炮火前進，前進！

但是，當學生們在重唱最後一句「冒著炮火前進，前進」時，卻唱成了「冒著××前進，前進」。

髒話是從教室的牆角處響起來的。然東博迅速來到教室的最後一排看是誰唱錯這句歌詞；但是，那個聲音消失了。

神父安布羅西奧聽完學生們的演唱，一直在搖頭。神父的太太也不住地搖頭。他們兩人要求學生們分排進行演唱，而且，只演唱「冒著炮火前進，前進」這一句，後來，神父讓然東

下篇　小夥子雅內羅的另一面

博走下講臺，由他來親自指揮；可是，情形依舊。

神父打開他的隨身檔案包，從包裡面拿出一張紙，將它展示給所有的學生，他說：「同學們，你們知道在這張紙上畫的是什麼圖案嗎？」

學生們異口同聲地回答：「知道，老師。」

「請在座所有的同學一起告訴我，這張紙上畫的什麼啊？」

「國旗！」

「請你們大家大聲重複一遍，畫的是什麼？」

「國旗！」

「對啦，你們都回答正確。」神父停頓了兩秒鐘，又接著說，「國旗是我們國家的象徵！人民保衛著自己的國家，人與人相互尊重。我們熱愛自己的土地，熱愛我們自己的家人，我們熱愛的人和熱愛我們的人都是我們的同胞，這些構成了我們的祖國。你們明白了嗎？」

「我們明白了，神父！」學生們回答。

「哪位同學能解釋一下我們的國旗象徵著什麼。」

澤・坎布塔舉起手並回答說：「國旗象徵著我們的國家！」

「除了國旗之外，還有什麼東西能象徵我們的國家呢？」神父一邊問一邊用眼睛搜尋想要回答問題的學生。小夥子西基蒂尼奧把手舉得高高的，但是神父卻沒有點名讓他回答問題，而

三　冒著炮火前進

是選擇另外一個學生回答問題。那個學生回答了問題,不過,答案卻是錯的。然東博老師著急地抓著自己的鬍子。西基蒂尼奧又一次把手舉得高高的回答說:

「另外一個能象徵我們國家的是國歌!」

神父誇獎說:「很好,回答非常正確!」他又接著說,「對啦,你們都是祖國的花朵,應該知道我們國旗的顏色代表什麼,應該學會怎麼解釋我們國歌的歌詞……我的孩子們,你們應該好好地學唱國歌,做一個真正的葡萄牙人。所以,你們大家必須唱好我們的國歌。」

這時,然東博已經是滿頭大汗了,甚至是滿身大汗。在吵鬧的教室裡,他竭力想找出那個唱錯國歌的孩子。儘管他一開始便認為是雅內羅那些人故意唱錯的,可是,他手中並沒有確切的證據能證明是他們故意唱錯。所以,他要求學生們分排進行演唱,可是,仍然不能發現唱錯者。神父安布羅西奧和他的妻子決定讓大家再重新演唱。

神父回到自己的座位上面,命令大家一起唱:

海上的英雄,高貴的人民,

英勇與永恆的國度,

讓今天再次彰顯葡萄牙的輝煌吧!

在記憶的迷夢中,

下篇　小夥子雅內羅的另一面

　　祖國發出她的吼聲：

　　你們偉大的先烈，

　　一定會領導你們直至勝利！

　　武裝起來！武裝起來！

　　捍衛疆土！保衛領海！

　　武裝起來！武裝起來！

　　為祖國戰鬥吧！

　　冒著ｘｘ……

「你們大家停！媽的，你們不要再唱了！」然東博老師打斷了孩子們的演唱。

　　他像一根緊繃的琴弦，走到第一排學生面前讓他們演唱，然後，問一個學生：「你跟我說，到底是冒著什麼前進？」

　　教室裡所有的學生都不敢發出聲音，只是眼睜睜地看著老師用力地拍打著自己的額頭。然東博又走到另一個學生的面前重複著前面的問題：「你跟我說，到底是冒著什麼前進？」

　　這名學生也不敢出聲，沒有回答他的問題。有幾個學生小聲議論起來——也許，是一些學生想讓然東博老師離開這個學校才故意唱錯的。

　　然東博問完第二個學生後，又走到第三個學生的面前，他沒有再提問，而是大聲地教他們唱。

三　冒著炮火前進

「你們聽好了，是冒著××前進嗎？」然東博怒吼道，「當然不是，是冒著炮火前進，前進！大家聽見了嗎？我們再來重複一遍！」

「哦哦哦！好的，老師！」同學們無精打采地回答。

然東博又問：「你們聽見我教的什麼了嗎？」

「老師，我們要一起唱髒話嗎？」

「唱什麼髒話啊？我跟你們說過，髒話不要唱，我覺得髒話就是你們幾個小毛孩唱的。」

「老師，不是我們唱的。」

一個坐在教室中央的學生站起來大聲說：「老師，剛剛你也唱髒話了啊！剛剛我們大家都在唱『冒著炮火前進』，可是，你為什麼要教我們『冒著××前進呢』？」他說完，在座所有的學生都呵呵大笑起來。

「安靜！」老師拿著教鞭在學生的桌子上狠狠地抽了一鞭子。安布羅西奧神父搖著頭打斷他的講話，他對著然東博說：「尊敬的然東博先生，這都是你工作不到位的問題啊！請你明天來教堂的宗教所一趟，我們談談你的工作問題。」

「哦！尊敬的安布羅西奧神父，請你不要這樣對我啊！」神父沒有回答，只是把這次考評的結果裝進了信封裡，然後，向他的妻子比劃了一下就離開了。然東博老師趕忙跑到他們二人面前哭訴著：

下篇　小夥子雅內羅的另一面

「尊敬的安布羅西奧神父和尊敬的安吉麗娜女士，請你們不要把我辭退啊！我還有一家老小需要照顧和供養，他們每天都需要麵包啊。」

「麵包的問題請你不要擔心，我們教會的宗教所會給你們提供的。」

「哦，不！神父先生！」然東博雙腿打戰地拉著神父。

「尊敬的神父，請你原諒我吧！人無完人啊，誰還沒有犯錯誤的時候啊！」

「然東博先生，請你先鬆開我！我已經跟你說過了，請你明天到教會的宗教所來。」

「我的神父先生，請您顧及一下我的生活！請您照顧一下我的家人。我有十一個孩子，這可不是一個小數目。而且在上個月，我的小姨子們和我的姪子們都來我家居住了，還有年老的母親，她也需要人照顧……」

「好吧，你說的這些我都知道了。明天你到宗教所我們幫你處理問題。」

「我的神父先生啊，您為什麼非要辭退我啊？！我是一名優秀的教師。以前，您這位尊敬的神父也是這樣評價我的。您以前也稱讚過我……尊敬的安吉麗娜夫人，請你幫幫我吧。如果你的丈夫安布羅西奧神父辭退我的話，以後我的家人吃什麼？我們會餓死的啊。」然東博苦苦哀求。

三　冒著炮火前進

　　安吉麗娜夫人是一個心地非常善良的女人，她幫他向神父求情，希望能給他最後一個改過的機會。神父心中非常糾結，但到最後他還是同意了。這時然東博心裡的石頭才算落地。他命令所有的學生站成排，開始升國旗。國旗在旗桿上慢慢地升起，同時，學生們在老師指揮棒的指揮下開始演唱激昂有力的國歌。突然，老師用指揮棒做出一個停止的手勢——讓所有的學生停止演唱——他怕學生們沒有弄明白剛才他說那話的意思。所有的學生都停止了演唱，除了雅內羅外。站在雅內羅旁邊的西基蒂尼奧用手臂撞了他一下，讓他停止演唱；但是為時已晚，他並沒有停止演唱，反而把那句髒話唱了出來。在場所有的人都把目光投向髒話發出的地方。

　　當學生們把異樣的眼光投向雅內羅的時候，然東博也覺得自己的腦子疼。老師的心中認定是雅內羅那幫小毛孩故意難為自己；也許，是雅內羅的表哥霍爾海，也許是澤或者西基蒂尼奧，還有可能是托尼托。但是，托尼托的可能性不是很大；因為他是這幫孩子中最不愛講話的。

　　然東博並沒有忘記剛剛在教室裡進行教師測評的事情。他拿起教鞭開始對雅內羅進行鞭打。教鞭重重地打在小夥子的身上；接著，老師又開始用巴掌進行毆打；然後，又用頭頂小夥子雅內羅；再後來還把雅內羅的頭往黑板上撞——然東博幾乎用完所有的絕招。由於雅內羅是一個性格倔強的孩子，所以他一直不向老師求饒。直到疼痛難忍，雅內羅才開始反抗。他跳

下篇　小夥子雅內羅的另一面

起來用自己的頭撞擊老師的肚子並試圖逃跑。在他最後一跳的時候，他的頭碰到了老師的嘴唇。然東博氣急敗壞地把雅內羅的頭按在桌子上面。小夥子極力反抗，一不小心竟栽倒在了地上，腦袋著地，暈了過去。

事發突然，但安布羅西奧神父還是把這件事的前前後後看了個清楚。第一個衝進教室抱起雅內羅的人是安吉麗娜夫人，她心裡非常害怕，把頭放在雅內羅的胸口上聽是否還有心跳聲；然後，又判斷是否有呼吸；接著，她跑到學校的水窖邊打了一碗水，把手絹放在水中浸溼後放在了雅內羅的額頭上。一些學生聚集在事發地，還有一些學生則往學校外面跑，他們邊跑邊大聲呼叫著：「老師殺人了！老師殺人了！」

「他殺誰了啊？」一旁的人們問。

「你的老師殺誰啦？孩子，停下來，給我解釋清楚。」

但是，孩子們一直在大街上奔跑著，沒有一個孩子願意停下來解釋剛剛發生的事情。有三個女人剛剛從水池旁邊回來，她們試圖攔下一個小夥子讓他解釋清楚：「這個小癟三，你趕緊停下來。我們想知道剛剛發生了什麼事情？我們幾個人想知道事情的經過。你們為什麼不回答我們的問題？這些孩子，像沒頭的蒼蠅在這裡亂飛。小癟三，你快說，到底是怎麼回事啊？不然，小心我們幾個用水把你澆得渾身溼透。到底是誰被殺了啊？」

「是一個學生！」小孩回答說。

三　冒著炮火前進

「是啊，我知道是一個學生，可是，這個學生沒有名字嗎？」

「他的名字叫雅內羅！」

「我靠！這個名字怎麼那麼耳熟啊！」一個女人大聲驚呼著，彷彿她知道些什麼。她接著說：「我好像認識這個小夥子。讓我想想，雅內羅是哪個村子的啊？啊，對了，那個叫弗蘭塞西尼亞的女裁縫，對不對啊？」

「對，他是弗蘭塞西尼亞的弟弟。」

「啊啊啊，那個孩子挺好啊！他做什麼壞事了？他還是個孩子，如果真是弗蘭塞西尼亞的弟弟……我不知道該怎麼辦。但是，他到底做了什麼壞事啊？」

「他沒有做壞事啊。」

「那為什麼那個人要殺死他？再說，弗蘭塞西尼亞她知道自己弟弟的事情了嗎？」

「猜想她還不知道，剛剛發生啊。」

「屍體在哪裡啊？」

「還在學校裡啊。」

「我靠，我要去學校看看！我去看看自己的好姐妹弗蘭塞西尼亞的弟弟的情況啊。」

「哦，你們兩個去看吧！我可不喜歡看死人。」三個女人當中的一個說道。

181

下篇　小夥子雅內羅的另一面

「我也跟你一起去看看怎麼回事。如果阿爾瓦里達妹子不喜歡看死人的話，就讓她在這裡幫我們照看水桶。」另一個女人說道。

但是，阿爾瓦里達大妹子有她自己的主意，她說：「我們每個人都有自己的生活啊，我也有我自己的家啊，我怎麼能留在這裡啊？你們兩人都跑去看熱鬧，讓我一個人在這裡看守水桶⋯⋯」

「哎呀，我們兩個人不耽誤時間，一會兒就回來了。請你幫忙看一下。」

「我想知道你們去那裡要多長時間？」一邊說著，這個女人一邊繼續走她的路。她還自言自語道：「哎，真討厭！事情怎麼能這麼安排呢？！你們讓我說什麼啊！一個老師的職責就是教書育人，怎麼還在這裡殺人啊！⋯⋯不要說太多了，現在的羅安達快變成人間地獄啦。有很多的農民離開自己的村莊跑到城裡生活，他們也在這裡艱苦地過日子⋯⋯在農村，人們每天都按部就班地工作生活，怎麼可能像這裡總是聽見殺人的消息。在這裡，在嫉妒痛苦中去世的人比慘死在鋼刀下的人還要多⋯⋯」

那個女人走到自己家附近的巷弄口，消失在巷弄的最深處。沒人知道她是否還會繼續嘮叨，但她剛剛說的那些事情確實一直在大街小巷上一幕一幕地上演。最壞的事情是，明明知

三　冒著炮火前進

道不幸的存在,卻無法將它消滅。

小孩子們在大街上奔跑著傳播然東博殺人的消息。如果再推遲幾分鐘,就會有幾個女人來到教室和然東博好好地算一筆帳。她們分別是薩布里塔女士、卡基烏達女士、福斯塔女士。她們幾個人一定會走進教室抓住然東博,並且把他打出教室——就像然東博在鄰村學校任教時那樣,打得他一個月臥床不起。

幸運的是,雅內羅暈倒之後,神父夫婦立即把雅內羅送到了醫院。不然的話,附近的村民看見這情形也會打他。

這次算然東博走運了。霍爾海、澤‧坎布塔、西基蒂尼奧和托尼托等人都趕去附近的裁縫鋪通知雅內羅的姐夫卡布萊爾。聽說此事後,卡布萊爾叫上一些工人和一些朋友,手裡拿著皮帶、木棍、鐵鏈要去狠狠地抽然東博。但是當他們趕到學校的時候,雅內羅和然東博已經都去了醫院。卡布萊爾先生又返回自己家中,換上一身很正規的衣服,這才跑到醫院詢問雅內羅的傷情。

在雅內羅送往醫院之前,他已經恢復了知覺。在醫院裡,神父夫婦心情非常緊張,忙著詢問主治醫師雅內羅的病情。然東博看起來好像沒有太多的精神壓力;但是,村民們尤其是家長們對他恨之入骨。這幾天,弗蘭塞西尼亞患了重感冒,一直臥病在床,不然,村子裡肯定會發生另外一起令人震驚的事件。

下篇　小夥子雅內羅的另一面

　　安布羅西奧神父將然東博直接從他的教師退伍中踢了出去——就是說，然東博被辭退了。

四　塞薩爾

　　塞薩爾先生是被委派到學校代替然東博的新老師。他是一個年輕的老師，能講一口非常正宗的葡萄牙語。他全身充滿了正能量。他把整個學校維修了一遍，所有的牆壁都重新粉刷，屋頂的鐵皮瓦也被更換一新。他讓學生們找來一些植物種植在校園裡，還讓他們把一些空瓶子收集來改製成噴壺給這些植物澆水。他們師生合力在學校前面整出了一個漂亮的小花園。他們還找來一些木椿剝去樹皮，把這些木椿做成臨時的凳子。在學校的後面，他們清理出一片空地作為踢足球的場地。後來，根據班級和年齡的不同，塞薩爾先生還組織了幾個小型足球隊。在教室裡，大家聚集在一起高唱國歌，他還在教室裡檢查學生們的著裝和清潔程度，有時檢查他們的指甲和頭髮是否衛生。他要求學生們的服裝必須乾淨並熨燙平整，腳上的鞋子自然也要乾淨如新。他不喜歡學生遲到，更不允許學生遲到十五分鐘以上。上課的時候，他喜歡和自己的學生進行面對面的交流，他要求學生和他聊天，並相互信任對方。他說千萬不要把

四　塞薩爾

他當作老師，而要把他當作朋友。他說如果老師和學生的關係成了貓和狗的關係，那麼這些學生肯定學不好文化知識。在課堂上，他要求，而且是嚴格要求大家講標準的葡萄牙語。他說，他要教會大家講標準的葡萄牙語。有時候，學生在講「我的」時總是講成「俺的」，在說「你」的時卻說成「恁」，類似這類的方言式的葡萄牙語，塞薩爾老師是完全不接受的。他從學生髮音的小毛病入手，慢慢糾正。讓這些學生在學習葡萄牙語方面得到了很大的提升。

這時的學校才像是一個正規的官方小學學校；當然，其實並非如此。眾所周知，這所學校的出資者是基督教會。從星期一到星期六，學生們都在此上課學習。星期天，紅衣大主教、神父們以及大量的信徒會聚集在這裡做彌撒。

小夥子雅內羅和他的老師塞薩爾關係非常融洽，慢慢地，他從自己老師身上得到很多正能量。他的心也像一本書慢慢地打開了。他這本書打開之後，就一直往前看，曾經過去的事情就讓它隨風飛走吧。他這本書找到了自己正確的方向，找到了屬於自己的人生路——一個真正男人應有的路。他希望自己能像他的老師塞薩爾一樣年輕有為。

據說，塞薩爾在來這裡任教之前，已經是一位名揚內外的好老師，受到同業老師和學生的敬仰和愛戴。塞薩爾也曾說過，如果我們想贏得別人的尊重，那麼我們應該學習尊重自己

下篇　小夥子雅內羅的另一面

身邊的人。在大街小巷裡如果碰見路人，一定要向他問候一聲，像對待我們自己的家人一樣。我們應該把每一個人，無論是陌生人還是熟人，當成自己的父母、兄弟姐妹、叔叔阿姨、爺爺奶奶對待；因為只有這樣他們才能真正地也把你當成自己的親人對待。我們在學習科學文化知識的同時，也應該學會做人的道理。雖然這個村子裡的孩子都是黑種人，但是塞薩爾老師卻給予他們白人一樣的禮遇。其實，塞薩爾老師也曾有過一段讓他傷心的記憶。那是在他年輕的時候，他總是用白人的口吻和語氣對身邊的人說話……

後來，雅內羅立志要做一個像老師那樣的人，他的表哥霍爾海以及他的朋友澤・坎布塔、西基蒂尼奧和托尼托等人都以為他是白日做夢。不過，時間一天一天過去，他們才發現雅內羅正在一點點地改變著。

雅內羅不再去牆邊掏蟲子，也不再把瓶子綁在車上戲弄司機，上樹掏鳥窩也看不到他的身影了，他也不再去垃圾堆旁邊撿垃圾，不再去偷鄰居家的石榴，不再去高爾夫村的池塘裡游泳，不再去高爾夫飛機場旁邊觀看跳傘士兵排練。

雅內羅的活動路線變得簡單了，從家到學校，又從學校到家裡。他的心真的像一本書一樣打開了。他只是在課間休息的時候和同學們嬉笑玩耍，或者是和他們一起踢足球。

雅內羅暗暗努力，他一定要讓自己變成一個有用的人。塞

薩爾老師總是點名表揚他學習努力，所有的壞事也和雅內羅扯不上關係了。慢慢地，他的表哥霍爾海，朋友澤‧坎布塔、西基蒂尼奧、托尼托等人也跟著他改變了。以前，村民見到他們就像見到過街老鼠一樣人人喊打，可是現在，對他們卻是喜愛有加。

五　若安尼亞

　　然東博學校新來了一個女孩子，她來自桑巴市。她的哥哥叫保羅里諾，聽說塞薩爾老師的名聲之後，他安排自己的妹妹到這個學校來上學。

　　小女孩的名字是若安尼亞，她是一個非常漂亮的混血人。淘氣的孩子們像松鼠一樣圍著她瞧瞧看看，因為混血的她的確是一個非常漂亮的小女生。她的頭髮黑黑的，紮著兩根馬尾辮，長長的辮子搭在肩上；兩隻眼睛又大又圓，像是天上美麗的月亮；兩條腿修長，身材比例協調，穿著也非常得體。每一個從她身邊經過的男孩子都會禁不住停下腳步多看她幾眼。有些調皮的男孩會在她經過的時候吹口哨。還有一些男孩子會大聲說：「若安尼亞，我愛你！若安尼亞，我崇拜你！若安尼亞，你是我的花，你是我人生中唯一的花朵。」男孩子們樂於圍繞在

187

下篇　小夥子雅內羅的另一面

她的身旁。但是，小女孩若安尼亞卻對他們不理不睬。她非常冷靜，貌似對村子裡面的男孩子不屑一顧。

村子裡很多長者說：「小女孩若安尼亞是一個心氣非常高的女孩子，而且她住在城裡，怎麼會喜歡村裡這些小痞子呢？！你們對她不要抱任何的幻想。」

儘管如此，還是有一些男孩子每天都到小女孩家所在的桑巴市等她出現，甚至為了等她而夜宿在那裡。但是，小女孩若安尼亞卻從未對他們任何人微笑過。

「哎呀，這個矜持的小女孩，我們怎麼才能贏得她的芳心。難道她嫌棄我們是黑人嗎？」男孩子們議論紛紛。

老者回答說：「小夥子們，你們太魯莽了，小女孩現在才十二歲啊，她還是一個孩子。」

一個男孩子站起來說：「呵呵，我今年十三歲，比她年長一歲。」

男孩子們侃侃而談，他們想和小女孩若安尼亞談戀愛，或者成為她的好朋友。不過，最後他們的願望都落空了。

六　情書

　　一天，男孩子們議論紛紛——霍爾海寫了一張小紙條讓小女孩蘇薩娜轉交給若安尼亞。蘇薩娜將小紙條遞給了若安尼亞。小女孩若安尼亞沒有回絕，她接過了霍爾海的紙條。看過後，她在紙條上寫下一行字：「你寫的字非常漂亮！」這些漂亮的字是霍爾海朋友的哥哥阿帕里西奧先生教他寫的。阿帕里西奧先生是一位非常出名的學者，他還是著名的詩人。很久以前，他的名聲就已經在整個羅安達城傳開了。他教霍爾海寫下這簡短的一段話後，對霍爾海說：「如果你把這封情書交給她，她卻沒有同意和你交往，說明她不喜歡你。女人是這樣子，她根本不管你寫的是什麼，而是看重你的人品。所以，你一定要展現出自己的人格魅力，成功與否不在於你說的話有多動聽、寫出的文字有多漂亮。」

　　霍爾海把紙條交給小女孩之前，還在情書上面噴灑了香水——這瓶香水是從阿尼卡老太太那裡偷來的。他噴灑香水之後覺得心裡泛起了「愛情的味道」。

　　若安尼亞閱讀完情書後便把它折了起來。不過，她喜歡情書中的一個東西——情書上漂亮的書法文字。她覺得霍爾海的書法寫得非常好，僅此而已。

　　在情書中他寫道：

下篇　小夥子雅內羅的另一面

（請你單獨閱讀）

多少次你在我夢中出現，夢中的你是一位有骨有肉的美麗天使。

你是我的靈魂，一個等待我轟轟烈烈去愛的靈魂。

你是我的美人魚，一個坐在河中央石頭上等待我的美人魚。

所有的一切是我的夢想，它像現實一樣，它把你帶到了我的生活中。

如果你願意和我在一起，請你把情書撕成千百個碎片。

如果你不願意和我在一起，請你親自把情書還給我。

小霍爾海

第二天是星期六，學校被大家打掃得乾淨整齊，學校也煥發了勃勃生機。一些人在花園裡面鬆土，一些人在教室裡打掃環境，一些人在嬉戲打鬧或者跳民族舞蹈。若安尼亞則在學校裡四處尋找霍爾海，最後才在學校後面的操場上找到了他。霍爾海正和自己的小夥伴們在那裡踢足球。小女孩做手勢讓他過來，霍爾海趕緊跑向美麗的若安尼亞。若安尼亞張開手把紙條還給了霍爾海。霍爾海看著小女孩說：「為什麼啊？你明白我……」若安尼亞支支吾吾不知道說什麼好。她看了一眼霍爾海，急忙走開了。霍爾海用手擦擦額頭上的汗水，沒有心情再去踢球了。在場所有的人都想知道事情的經過。小夥伴們得知若安尼亞來是送還情書的後，追問霍爾海事情的結果。霍爾海

六　情書

渾身無力——連站著回答他們問題的力氣都沒有了。他趕緊找了一塊大石頭坐下。一些朋友站在一旁猜測事情的結果，另一些人好像已經知道事情的答案了。這個答案像是一顆重磅炸彈在雅內羅表哥霍爾海的心中爆炸——一個人站在一旁說：「這個哥們的愛情之果隕落啦！」

「哈哈哈！」在場的人聽見他的話都大笑起來。

從安布羅西奧神父在學校對然東博進行測評起，孩子們才意識到原來很多事情都可以往好的方向發展。

雅內羅坐到自己表哥霍爾海的身邊，他把手放在霍爾海的額頭上，然後，又把手移到他的胸口上說：「我的好表哥，你真的喜歡她，你是從心底裡愛她；現在卻被她拒絕了，好像霜打的茄子，整個人都蔫了。」

「哈哈哈！」一幫人聽了雅內羅的話更加笑得合不攏嘴。

「霍爾海，你別難過。你千萬別在我的面前哭鼻子！」

霍爾海坐在那裡假裝和他說話，卻趁他不備一個箭步上前抓住他的襯衫，並用力地前後搖晃他。那時的霍爾海覺得自己非常口渴，但是在失敗面前，在眾人面前，他卻不能說出口，只能強忍著。

澤·坎布塔走到霍爾海的身邊，用手輕輕撫摸著他的頭髮說：「霍爾海，你放過那個小夥子。這可能是你的命運。原來我們大家說到你的時候，你總是在一旁大汗淋漓……即使到現在

下篇　小夥子雅內羅的另一面

你也沒有改變你的本性。這樣的事情我們也不是第一次給你指出來了。你應該回到布雷羅村讓人幫你算一卦，你畢竟是從那個村子裡走出來的……」

「他怎麼是布雷羅村的人？我記得霍爾海是在聖耶穌村出生！」托尼托說。

「我才不相信啊。雅內羅，你別幫你和你表哥隱藏出生地啦。你告訴大家，你們兩個人到底是在哪個村子出生的？」

霍爾海打斷了他們的話，大聲問道：「你們想問雅內羅在出生地做過什麼嗎？」

「哈哈哈！」大家又笑了起來。

「你們在笑什麼啊？你們就像蠢驢，我才不和蠢驢講話。」

「哈哈哈！霍爾海，你現在想哭嗎？」

霍爾海則大聲說：「我哭什麼？若安尼亞拒絕我沒有什麼值得難過的，再說，我還有自己的女朋友啊！」

「對啊！這樣瀟灑的霍爾海才是我的表哥。你的女朋友恩孔吉塔，我的未來的表嫂，是一個非常漂亮的女人，她長得比若安尼亞漂亮幾百倍啊。」雅內羅安慰他說。

托尼托對恩孔吉塔非常了解，他們兩個人居住在同一個村子裡。他走上前去問：「你們在這裡說誰啊？你們說那個女人比誰漂亮一百倍啊？你是說她比若安尼亞漂亮嗎？別在這裡撒謊啦。」

六　情書

　　站在一旁的人都不認識恩孔吉塔，所以只能站在一旁聽他們幾個人的對話。

　　「霍爾海，如果你跟那個叫恩孔吉塔的醜八怪談戀愛，以後我不會去你的家裡了。」小夥子托尼托停頓一下，又接著說，「那個女孩子不講衛生，耳朵裡全是耳屎，簡直像一頭母豬……」

　　還沒有等托尼托說完，霍爾海就站起來跑到他的面前，惡狠狠地用雙眼瞪著他，嚇得托尼托趕緊往後退了幾步，並且做出防衛的架勢：「霍爾海，來啊，來啊！你要是有膽量碰我一根手指頭，我馬上去追求若安尼亞，讓你後悔一輩子。」

　　「哈哈哈！」大家都笑了起來，只有雅內羅跑過去抱住了霍爾海。

　　霍爾海用力想從自己表弟的手中掙脫，去教訓一下托尼托；但是，掙扎了幾次卻沒有任何的作用。

　　「喂，你們兩個人不要在這裡打架。前段時間，我們剛剛約定好，好朋友之間絕對不能打架鬥毆。」

　　「雅內羅，你別管他！你讓他放馬過來。我只是在這裡講真話、講實話，我也是在這裡替若安尼亞打抱不平 —— 霍爾海根本不是真心喜歡若安尼亞；不然，他不會為了恩孔吉塔跟我血拼。」

　　當霍爾海看見小女孩蘇薩娜朝他們走過來時，他的心慢慢平靜了下來。

下篇　小夥子雅內羅的另一面

蘇薩娜走到他們身邊看了一眼霍爾海笑著說：「呵呵！霍爾海，你的美夢泡湯了！」

「哈哈哈！美夢泡湯了。」一旁的人跟著說道。

「喂，蘇薩娜，你跟大家講講是怎麼回事⋯⋯」

「蘇薩娜，你什麼都不要說啊。」雅內羅急忙說。

「大家別管她，讓她說個痛快。我也想聽聽她到底要說什麼。」霍爾海說。

「對啊！讓她說到底是怎麼回事啊。」

「呵呵，你和若安尼亞根本沒戲啊。」小女孩笑著說。

「蘇薩娜，我告訴你啊，我們下面會有更大的動作。你回去跟若安尼亞說，我們這幾個人要聯名對她發起猛烈的攻勢，我們決定每個人都給她寫一封情書。」澤・坎布塔說道。

「哦，那好啊！你們的意思是要發起團隊攻勢，你們每個人都要給若安尼亞寫情書嗎？」蘇薩娜問道。

「對啊！她可以和男孩子談戀愛，但是，這個男孩子必須是我們團隊當中的一個。你回去這麼和若安尼亞說。」

「瞧瞧你們幾個的鳥樣子，誰會願意接受你們。」蘇薩娜回答說。

「你不要管，你把我的話轉告給她即可。我現在要去玩球，你想留下來跟我們一起踢球嗎？說實話，你也是一個長相不錯

的女孩子，可是，我們不喜歡頭髮稀少的女人。」最後一句話澤‧坎布塔是壓低聲音說的。蘇薩娜也沒有聽清楚他這句話。最後，澤‧坎布塔衝著她大聲說：「我們的話你一定要一字不漏地轉告給她，聽見了嗎？」

「好的，我一定一字不漏地傳達給若安尼亞。」

七　告白

星期一上午課間休息的時候，雅內羅和幾個小夥伴們聚集在學校的角落裡，大家一起討論如何給若安尼亞寫情書的事情。最終，他們決定以人為單位，一封一封地給她寄情書；以免若安尼亞一下子把他們整個團隊全盤否定。這樣的話，他們幾個人的勝算也要大一點，每個人也多一個面對若安尼亞的機會。誰先打頭陣呢？第一齣陣的霍爾海已經被「敵人」打下陣來。誰願意在霍爾海之後，打第二陣給若安尼亞寫情書？幾個人相互注視著，每個人都陷入沉默，大家都在等待著那個自告奮勇的人。不過算起來，在這些小夥子當中，應該數霍爾海最有勇氣，他像這個團隊的靈魂人物，也像團隊的一面旗幟。此時，他充滿激情地說：「我已經在那個女孩子面前展示過我應有的男子氣概了。」

下篇　小夥子雅內羅的另一面

「可是，你失敗了，他們還嘲笑你。」托尼托生氣地說。

「不管成功與否，我問你們，我是不是已經在若安尼亞面前展示過自己了？」

「表哥，你已經在她的面前展示出自己的男子氣概了。你也是我們團隊裡唯一一個在她面前不害羞的男孩子。你的問題已經解決了。我所說的都是大實話。現在，我不知道拿什麼樣的勇氣站在若安尼亞的面前。若安尼亞喜歡講一口純正葡萄牙語的男孩子。她的葡萄牙語講得非常好，不像我們在座的只能結結巴巴地說幾個單字。表哥，起碼你的葡語發音比較好；而且，她還閱讀了你寫給她的情書，還親手把你寫的情書放在信封裡還給你。說實話，你比我們每個人都強。你們大家讓我給她寫情書，我心裡一點勇氣都沒有。」雅內羅對表哥說。

「小夥子，你要醞釀自己的勇氣啊！千萬別害羞啊！」霍爾海一邊說一邊給雅內羅鼓勁。

「醞釀勇氣不是那麼簡單的事啊！」

「是啊，的確不是一件易事。但是，我們還是要勇敢地去面對她吧？」

「我覺得應該讓澤・坎布塔先寫。因為他的臉皮厚，而且是他讓蘇薩娜對若安尼亞傳達的消息。應該讓澤第一個寫情書。」

「我可以打頭陣寫情書給若安尼亞，可是你們要想想，我還要抽時間補習我的葡萄牙語。只有這樣，我才能講正宗的葡萄

七　告白

牙語。」澤・坎布塔急忙回答說。

「我們哪裡還有時間準備？別浪費時間了，你第一個打頭陣。」托尼托說道。

「我的意思是說，我的葡萄牙語程度太低。誰要是想打頭陣趕緊舉手報名。」

「靠！你們在這裡簡直是浪費時間，就讓我打頭陣吧！」西基蒂尼奧自告奮勇地說。

「好，讓西基蒂尼奧打頭陣。他是一個不苟言笑的人，而且他也知道怎麼控制害羞。大家決定吧，讓他打頭陣。」

雅內羅問道：「為什麼他的頭上也在冒汗啊？」

「出汗是人的自然反應，我們大家不用大驚小怪。只要你們記住，不要有害羞的感覺，一定能解決問題。我的好朋友西基蒂尼奧，你現在是我這輩子真正的好朋友。」霍爾海站在一旁給西基蒂尼奧加油助威。

過了一會兒，西基蒂尼奧才弄明白霍爾海對他說那一句話的含義，看著坐在一旁不住點頭的霍爾海，沒有別的辦法，他只能硬著頭皮往上衝了。

「好，小夥子西基蒂尼奧打頭陣。」霍爾海大聲喊道。

「西基蒂尼奧願意去打頭陣啊！」

「好吧，讓我們大家為他鼓掌助威。」

下篇　小夥子雅內羅的另一面

「你為什麼身上出了那麼多汗啊？」

「沒有關係。別以為自己是百科全書。你知道面對一個女孩子要比面對一部百科全書還要困難幾百倍啊！」西基蒂尼奧說道。

「你的意思是說，女孩子比百科全書更難了解嗎？」雅內羅問道。

「關於女孩子，你還是問問你的表哥霍爾海吧，因為，他已經了解被女孩子拒絕的滋味了。」

「哈哈哈！」

「今天好像不是我的吉祥日，大家盡情嘲笑我吧。我心裡一點都不難受。」霍爾海大聲說。

「為什麼今天不是你的吉祥日啊？」澤・坎布塔問道。

「你們以後別再和我開玩笑了，不然，我就……」霍爾海威脅道。

「表哥，你消消火氣吧！」雅內羅勸阻道。

「我怎麼才能消了火氣啊？」

「你的苦難日子要等到西基蒂尼奧的情書有回信才可能結束。現在，你的苦難日子還沒有結束。」

「哎呀，我的天，我快要瘋掉了！」

七　告白

「你快要瘋了啊？大家好好給你治療一下。」小夥伴們笑著說。

「你們動我一根指頭試試！」霍爾海生氣地說。

「你們做什麼？又忘記我們之間的約定了？」雅內羅提醒大家。

「你們想在短時間內去改變一個男孩子實在是太難了。我還是不說了。」

「話還是可以說的，但是，不要總是把你們粗魯的一面展現出來。」雅內羅說。

他們的聊天被上課鈴聲打斷了。

在教室裡，西基蒂尼奧開始準備書寫給若安尼亞的情書。男孩子寫的字不是那麼漂亮，寫出的語句也全都是髒話，看來他根本不喜歡小女孩若安尼亞。他在小紙條上寫道：

致一個混血女孩：

我告訴你，你是這個村子裡最醜的女孩子。你的出現簡直是汙染了我們整個村子，特別是你那張讓人噁心的臉。你的眼睛是睜開的，但是，你的心靈卻是黑暗醜陋的。你是否拉完屎忘記了擦屁股？你是個醜女孩，我不喜歡你，也不需要你。

西基蒂尼奧

下篇　小夥子雅內羅的另一面

　　如果不是西基蒂尼奧在情書上簽了名,若安尼亞肯定會以為這是被她拒絕的霍爾海寫的情書——情書上全部是髒話。這封滿是髒話的情書上的簽名證明這的確是來自另外一個追求者的情書。蘇薩娜對她說,這是同一夥人所為,不過,最好還是比對一下兩封信的筆跡,看是否出自同一個人。

　　在她比對了字跡之後,她已經想清楚該怎樣寫回信了。最後,小女孩若安尼亞在這封情書的背面寫下了一段文字,然後,把它交給了蘇薩娜,讓她幫忙送給西基蒂尼奧。

　　西基蒂尼奧根本沒有想到若安尼亞會給自己回信,他就沒對回信抱有任何的希望。

　　「喂,哥們,你跟我們講講回信到底寫了些什麼啊?」

　　所有的小夥伴都急切地想知道若安尼亞回信的內容。幾個人聚在一起開始朗讀回信:

　　你找個鏡子好好照照自己的樣子,把你的屁股擦乾淨。

　　然後,好好把你的臉擦乾淨。請你把我寫的文字,高聲朗讀一遍,兩遍,三遍……直到第十遍。

　　你的心裡是否也是這麼認為呢?

　　你那張屁股一樣的臉!

　　看完回信後,所有的人都瘋狂地大笑起來;而且,他們每個人都笑得臉紅脖子粗。霍爾海更加不能控制自己的笑聲。

七　告白

「呵呵呵！現在，終於可以輪到我笑啦！」

「我的朋友西基蒂尼奧，你的運氣比我表哥的還要差啊！哈哈哈！」雅內羅笑著說道。

澤・坎布塔樂得前俯後仰，整個嘴巴笑得合不攏——他大大的嘴像是一隻成年鱷魚的嘴。

「哈哈哈！我的好朋友，你要笑死我啊。哎喲喲，我的肚子⋯⋯我的肚子都笑疼啦。西基蒂尼奧老弟，霉運上門敲我家大門的時候，猜想，你肯定知道啊。如果你不把情書寫得那麼噁心，她怎麼會給你回一封同樣髒話連篇的信啊！今天，你真的是把我樂壞了，今天沒有人能讓我這麼開心。你們別管我啊，我的天啊，真是太有意思了。我要笑死啦⋯⋯」霍爾海笑得全身筋疲力盡。

托尼托站在一旁，也禁不住大笑起來。他時不時地捶胸頓足以此來壓抑自己的笑聲。他一邊笑一邊搖著手，整個人笑得上氣不接下氣，最後，「撲通」一聲坐在了地上。他強忍著笑說：「哎呀，如果澤在這裡的話，猜想，我會跟他一樣樂得翹辮子。剛剛樂得我好像看見耶穌神像了，我看天空所有的雲彩⋯⋯我實在不能再笑了。」

西基蒂尼奧也時不時地打起精神笑上幾聲。

雅內羅走到他的身邊看著他的臉說：「西基蒂尼奧，你看看你的後面啊。」

下篇　小夥子雅內羅的另一面

「靠,把你的臭手從我的身上拿走啊。」

「哈哈哈!」大家又笑起來。

他們幾個笑著說:「趕緊去那裡看看你的屁股吧。」

「哈哈哈!」

霍爾海沒有用手碰西基蒂尼奧,只是走到他身邊先看看他的身後,然後又走到他的面前說:「嗨嗨嗨!你想對我們大家說什麼?我們正在欣賞自己朋友的臉啊,而且我們看到的朋友的臉,竟然和他自己的屁股一樣。」

「哈哈哈!」

「我的好兄弟,西基蒂尼奧,是我們讓你給她寫情書,可是,誰讓你寫髒話招惹她了?你這是自作自受。」

「呵呵,這個小夥子只知道玩,根本不懂什麼是談戀愛。」

「西基蒂尼奧浪費了這次機會,他根本不懂什麼是戀愛。」

「好像,他根本不喜歡女人一樣。」

霍爾海大笑著問:「他為什麼不喜歡女人,難道他跟我們在座的男生不一樣,沒有那根小棍嗎?哈哈哈!」

托尼托則大聲說:「哈哈,他那根小棍當成藥材做藥引子了!」

「哈哈哈!」

另一個小夥子說:「呵呵,猜想他那根小棍是蘆葦稈做的。」

「哈哈哈！」又是一陣哄堂大笑。

西基蒂尼奧想趁機逃離這個地方，因為他不願意被幾個人取笑；但是，逃走並不是解決問題的好辦法。現在他悄無聲息地離開，以後，怎樣面對自己的朋友呢？所以，他一直強忍著坐在那裡。不過他又想，原來開玩笑是這個樣子，大家坐在一起開開心心地聊天。

那幾天，西基蒂尼奧一直忍受著朋友們的嘲笑，直到托尼托開始他的求愛攻勢。

八　我們只能做朋友

上課時，托尼托完成了書寫情書的任務。當老師不在教室的時候，他把情書交到蘇薩娜手中。之後，蘇薩娜把這封情書轉交給了若安尼亞。

情書的內容如下：

若安尼亞，

我心裡非常喜歡你。當我看見你的那一刻，像是看到了神聖的聖女。在夢中，我夢見你的香吻，當我起床的時候，我的心仍在怦怦直跳。我的心裡非常緊張，因為我夢到的一切並不

下篇　小夥子雅內羅的另一面

是真實的。若安尼亞，如果你同意做我的女朋友，我向我去世父親的靈魂發誓，我一定會把我身邊最珍貴的一塊手錶送給你。

愛你的人：托尼托

那天，托尼托一直沒有睡覺，躺在床上翻來覆去坐臥難安，兩隻眼睛也泛起了血絲。他覺得自己像是被人放在滾燙的鐵皮瓦上烘烤一樣。他試圖命令自己入睡，可是，每次都失敗。此時，他腦子中滿是若安尼亞的影像，整個人也變得精神恍惚。誰也不知道為什麼他會變成這個樣子，誰也不知道他為什麼難以入睡。夜晚，像沒有盡頭一樣——他閉上雙眼過一個小時，睜開眼睛看著屋頂再過一個小時。他的母親托尼亞・西科女士，守寡已經將近兩年多了，她一直等到自己的兒子入睡之後心裡才平靜下來。她覺得是「惡魔」在折磨自己的孩子，她坐在屋裡為自己的兒子祈禱。

之前，她問自己的孩子在外面到底碰見了什麼難以解決的事情——難道你去偷盜了嗎？你是不是在市場上偷竊掉在地上的花生米，還是你偷竊他們的香蕉了？托尼托聽見自己母親的嘮叨，心中有些不耐煩，只是應付說：「媽媽，我沒事，你放心吧！」

「你和媽媽說說，到底是怎麼回事啊？只有我明白了才能幫你把心中的魔鬼驅除。」

「驅趕什麼魔鬼啊，我身上根本沒有魔鬼。」

八　我們只能做朋友

「這個孩子，難道是瘋了？你難道忘記我是你媽媽了？」

「是啊，老媽，我知道啊！」

「你知道什麼？你只知道吃喝。」

托尼托是這個家庭年紀最小的男孩，他下面只有一個妹妹。

他的妹妹明基塔喜歡和小卡洛斯一起玩耍。小卡洛斯是雅內羅的小外甥，但從外表來看已經像一個小大人了。

當公雞剛叫第三遍的時候，托尼托已經站在門外了。他站在門外不大一會兒，天就逐漸變亮了。他跑到商店裡買了一個麵包準備去上學。每個星期六是學校大掃除時間，所以這天很多學生都在打掃環境。同時，今天也是若安尼亞給托尼托回信的時間——她總是在星期六才給那些追求者回信。

蘇薩娜露出自己潔白的門牙笑著出現在托尼托的面前——托尼托非常不喜歡這個樣子的蘇薩娜——她站在他的面前說：「托尼托，加油努力，戀愛本來就是這樣子。」

「為什麼這麼說啊？」

「你拿著這封信，朗讀一下便知道啦。」隨後，蘇薩娜把手中的信遞給托尼托，便跑到和若安尼亞會合的地方去了。

這個時候，已經打掃完了，一些學生開始離校了，還有一些學生在老師的指揮下整理課桌、掃把、水桶、黑板，他們做這些是為了給星期天做彌撒的信徒們一個乾淨整齊的環境；況

下篇　小夥子雅內羅的另一面

且神父到達這裡的第一件事情就是檢查教室內外的衛生。

雅內羅和澤・坎布塔兩個人正在教室外面幫助老師清洗他的尊達普牌子的摩托車。西基蒂尼奧和霍爾海正在和其他班級的同學一起整理教室裡的課桌和書本。

托尼托收到若安尼亞回信的時候，沒有勇氣去閱讀書信的內容。他把信件交給了雅內羅，雅內羅把信裝在自己的口袋裡 —— 只有大家都在場的情況下才能閱讀若安尼亞給托尼托的回信。

此時，托尼托像一隻沉默的羔羊，心中有種說不出的壓抑感 —— 也許，今天是大家取笑他的日子，輪到他被人嘲笑了。他心裡特別擔心澤・坎布塔和雅內羅看見他的樣子 —— 猜想他們已經笑出聲了。托尼托走進教室通知正在整理課桌和書本的霍爾海和西基蒂尼奧兩個人，說自己已經收到若安尼亞的回信了。兩個人聽到這個消息心裡特別高興，加快了整理的速度。

「你們幾個人已經打開看了嗎？」霍爾海問道。

「沒有啊，我現在還沒有打開。」

「做得對啊！這樣我們才是真正的好朋友啊！」

「回信在誰身上啊？」

「哎呀，你們加快乾活的進度，別問東問西了。」托尼托緊張地說。

「哥們，你為什麼那麼緊張啊？」西基蒂尼奧好奇地問。

八　我們只能做朋友

霍爾海說:「猜想,今天又是一個有趣的大熱天。」

兩個人三下五除二完成了整理課桌和書本的任務。他們三個人和老師告別之後趕到他們經常聚會的地方——學校後面的一片空地上。托尼托知道他的朋友們在期待他的訊息,所以心裡更加忐忑不安。其實,回信的內容非常簡單。內容如下:

我只喜歡和你做朋友。

我們只能做朋友。

你的朋友若安尼亞

托尼托看著自己的朋友心裡十分忐忑。因為直到現在,他們也沒有哈哈大笑。接著,雅內羅又重新閱讀了一遍回信的內容,然後,看著托尼托說:「你這個混蛋,走狗屎運啦。」

托尼托聽了雅內羅的話,才鼓起勇氣接過若安尼亞的回信仔細閱讀起來。當他看完信件後,心裡特別高興。瞬時間,他如釋重負,心情好到好似他飛身九霄雲外,暢遊在自己幻想的世界裡。

「呵呵!我是團隊中目前她唯一接受的人。現在,我不擔心被你們嘲笑了。雅內羅,你準備自己的情書吧,這次該你上陣啦。」

「不行,這次應該讓澤·坎布塔先寫。之前,他已經說過啦。」

下篇　小夥子雅內羅的另一面

「啊！你不是要逃避吧？」托尼托說道。

「我怎麼會逃避呢？這次應該是澤‧坎布塔上陣。如果不相信，你可以問他啊。澤‧坎布塔，難道你會變卦嗎？」雅內羅看著澤‧坎布塔說。

澤‧卡布塔沒有回答。他只是傻傻地坐在那裡，心中暗想，該到我出場了，我該怎麼辦呢？我要不要兌現自己的諾言呢？

「接下來，大家看澤‧坎布塔的！」

在場所有的人都看著澤‧坎布塔。

「他究竟同意不同意啊？」

「我們非常看好澤‧坎布塔。」

「澤，你難道想反悔嗎？好哥們，你千萬別理會雅內羅所說的每一句話。你放心大膽地往前走。」霍爾海說著走到澤‧坎布塔的身邊，但是，澤‧坎布塔拒絕了：

「哎呀，霍爾海，說實話，我自己真的不敢寫情書。」

「哈哈哈！」聽了他的話，大家都笑了起來。

托尼托站起來大聲說：「這位好哥們叫澤，他和我的爺爺同名。」他衝著夥伴們眨了一下眼睛，又繼續說，「澤，你不要理會他們的看法。你看，這是若安尼亞給我的回信。你可以再讀一遍……」

「托尼托，我說過啦，這件事我不想參與！這件事是百害而

八　我們只能做朋友

無一利。我現在跟你們攤牌啊,這事我不會繼續參與了!」

「哈哈哈!」其他人聽見他的話都笑了起來。

「澤,你難道認為我做的事情是百害而無一利的嗎?」霍爾海高聲問道。

「我覺得你做的事情沒有任何意義,是在浪費自己的感情,簡直是一坨臭狗屎啊。」

「哈哈哈!」又是一場大笑。

「澤,你實在是太窩囊啦,還沒有上戰場已經成軟蛋了。你這個樣子什麼時候能娶媳婦啊?」

「什麼時候?」澤・坎布塔問道。他眼睛中充滿了怒火——澤・坎布塔心裡強忍怒火已經很長時間了。

「澤,你讓我們等的時間太長了。」

「你再稍等一下——」澤・坎布塔從地上站起來,接著,他提提褲子用手拍打拍打屁股上的沙子。

「好哥們澤,現在你不是要逃跑吧?這裡都是你的好朋友。你也是我的好朋友,我不希望因為這件事丟掉你這個好朋友。」說著,霍爾海走到了澤的身邊。但是,澤一把把他推開了。他生氣地說:

「霍爾海,我也不喜歡失去你這位好朋友,我也知道,你是我最好的朋友……但是,這件事我確實不想再參與了。」

下篇　小夥子雅內羅的另一面

「難道,我不是你最好的朋友嗎?」霍爾海追問道。

「是啊,你是我最好的朋友;但是,我不想參與情書這個遊戲啦。」

「既然我是你最好的朋友,你還生什麼氣?你為什麼不願意參加?」

「你們想讓我參與這件事情,不就是想在星期六看若安尼亞給我的回信嗎?」澤・坎布塔說。

「對!難道,你已經知道她給你的回信是拒絕嗎?」霍爾海風趣地說。

「我覺得澤・坎布塔非常好,說不定能爭得她的芳心。」托尼托猜測著。接著,他又說道:「我猜想澤在他們村子裡進行過占卜了。聽說那個村子裡有很多人懂占卜星相。他們是不是已經把結果告訴你了?那些人都不是一般人。」

「不過,那些懂得巫術的人是一幫流氓,特別是在人民村附近的巫師。如果澤去求仙問卜,他就是一個大笨蛋。」托尼托又說道。

「那個大笨蛋是你爸爸!」澤・坎布塔回答說。

「哈哈哈!」幾個人都笑了起來。

「不對!托尼托可不是混蛋。澤・坎布塔和西基蒂尼奧兩個人才是大流氓。」霍爾海說道。

西基蒂尼奧聽到霍爾海的話，從地上站起來說：

「嗨，霍爾海，大家可別轉移話題方向。今天，可不是我上陣的日子。你們盡量別往我的身上說。不然，我現在馬上離開這裡。」

「哈哈哈，你們看看，西基蒂尼奧心裡害怕了。」

「沒有什麼值得害怕的。我寫情書的日子已經過去了，大家還想讓我怎麼樣呢？」

「是啊，你說的很有道理。你寫過情書，也被她無情地否定了。上帝也會原諒你的無知的。過去的事情讓它過去吧。」澤‧坎布塔說道。

霍爾海問道：「為什麼讓它過去呢？那天，我們商議寫情書的時候，你不是也沒有否決我們的決定嗎？現在，你怎麼能食言啊？你究竟想說什麼？我們都說過，今天並不是你的情書日。」

九　錯字

澤‧坎布塔經不住自己同伴的慫恿，開始慢慢構思自己的情書了。可是想了許久，腦子裡依舊一片空白，只記得自己同伴寫情書被人恥笑的事。不過，最終他的親筆情書還是透過蘇薩娜轉交給了若安尼亞。

下篇　小夥子雅內羅的另一面

收到回信的澤‧坎布塔心中非常生氣,他想揍若安尼亞一頓,但是被自己的同伴勸阻了。

在給澤‧坎布塔的回信中,若安尼亞用紅顏色的筆把信中所有的錯別字和語法錯誤的地方標註了出來,並在旁邊加上標註;而且,她在情書的上方寫著:

共計十五處錯誤,七處不會寫而留的白。

在情書的背面寫著大大的黑字:

請把所有錯誤的文字重新書寫,每個錯字必須書寫十遍。

澤‧坎布塔害羞地不敢看自己的朋友們。

雅內羅笑得摀著肚子倒在地上。霍爾海急忙跑到房子的牆角處,因為他有點內急——站在牆角開始撒尿。

澤‧坎布塔和西基蒂尼奧兩個人站在那裡抬起腳來想要踢打對方。托尼托則無奈地站在他們兩個人的中間。在場沒有人想到若安尼亞會以這種方式拒絕澤的求愛。托尼托擦了擦臉上笑出的眼淚。西基蒂尼奧覺得澤心裡一定很難受,可是他也無計可施。所以,他也站在那裡哈哈大笑起來。

「哎呀,我要笑死啦,笑得我肚子疼。哎呀呀,我快笑死了。」

「靠,如果你們繼續嘲笑我,我立刻踢你們幾腳。」

「你踢我兩腳——我猜想你的小短腿踢不到我。」

九　錯字

「哈哈哈！」

「你們幾個把澤‧坎布塔弄到其他地方去，我現在想安靜一會兒。儘管我也想讓他踢我幾腳解解恨啊。」雅內羅控制不住自己邊笑邊說。

「霍爾海，你撒尿怎麼把整條褲子都弄溼啦。」

「嗨，撒尿不都是這個樣子。我剛剛去撒尿不小心把褲子弄溼啦。」

大家看著他身上溼漉漉的褲子大笑起來。

「澤‧坎布塔，你到底想怎麼處理這件事情啊？」霍爾海生氣地說。

「我能怎麼處理啊！」

「你是不是想讓我們大家把你的褲子扒下來啊？」

「去你的，給我滾遠一點。」

「澤‧坎布塔，如果你在這裡和我們開玩笑，我們就讓你嘗嘗扒褲子的滋味。然後，我們兩個人都穿對方的褲子回家，你的褲子可比我的新多了，而且我的褲子上還有特別的味道。」霍爾海擦拭著眼睛裡笑得流出的眼淚說。

澤‧坎布塔則站在那裡十分嚴肅地看著他們一行人，他慢慢地想離開這裡了。

「嘿，你們瞧小夥子澤‧坎布塔啊。」霍爾海又笑著說，「你

下篇　小夥子雅內羅的另一面

喜歡小矮個澤這個哥們嗎？」

「我喜歡他什麼啊？」

「你喜歡他的書法嗎──給若安尼亞的情書？」

「去他的狗屁書法吧。」

「哈哈哈！」在場的人又都哄堂大笑起來。

西基蒂尼奧說：「那個混蛋若安尼亞就是個小蹄子。」

「就是，那個若安尼亞不是一個好女孩。她怎麼能這樣羞辱我，而且還把我的錯別字標註出來，讓我每個字抄寫十遍。這是對我最大的侮辱。有時候，托尼托寫的字還不如我啊。」

「如果我看到你寫錯別字，一定讓你重寫二十遍。」霍爾海回答說。

「必須重複寫！不過，讓他書寫二十遍，還是十遍呢？」雅內羅附和著。

「必須讓他重複書寫二十遍！」

霍爾海又說一次，他的語氣十分堅定。

澤‧坎布塔無奈地靠著牆，抬起頭眨眨眼睛看著天空的白雲。

「算了吧！還是讓澤‧坎布塔書寫十遍吧。澤，你看行嗎？」

「澤，你把那張有錯別字的紙給我們大家看看，這樣大家心裡就沒有疑慮了。我可是不喜歡問題一大堆的人。」霍爾海看著他說。

九　錯字

「你去吃屎吧，這封情書我誰都不給看啊！」

「哈哈哈！」其他人又笑了起來。

「我一會兒讓小蹄子嘗嘗我的厲害，你們大家瞧著吧。」

「哥們，你可千萬別那麼做。不然，我們大家不會饒了你。」西基蒂尼奧生氣地說。

「你如果敢動她一根手指頭，我們不會輕饒你。」雅內羅也這麼說。

「你們幾個想要打我啊？」小矮個澤瞪著眼睛說。

「如果你打了她，我們幾個人要好好教訓你一下。再說，我們原來已經和霍爾海老哥約定過了。」

「澤，我覺得你是團隊裡很好的哥們，你最好先冷靜一下。

我們可不想看見你被打得滿地找牙。」托尼托最後說道。

「你如果有能耐的話，我們兩個人單獨切磋一下，你敢嗎？」澤・坎布塔對托尼托說。

「在這裡你誰都打不過，你沒有看出我們每個人都比你強壯嗎？你還是別逞強啦。」西基蒂尼奧看著澤・坎布塔說──他們倆就像貓和狗一樣，只要在一起總是問題頻發。

「你們幾個人別激怒我⋯⋯」

「呵呵，我們是想激怒你，猜想你現在挨一頓拳頭會立刻安靜下來。如果我們聽說你對小女孩若安尼亞動粗，我們一定不

下篇　小夥子雅內羅的另一面

會放過你。」霍爾海在一旁說。

「澤・坎布塔,只要我們聽說你對若安尼亞不禮貌,第一個打你的人便是我,不管理由是什麼,我先打你兩巴掌。」雅內羅生氣地說。

「你們不用等我打她了,你們現在馬上就可以教訓我。」澤・坎布塔自言自語地說。

「你若對若安尼亞動手,大家會把你一頓好打。」托尼托說道。

「哈哈哈!」其他人聽了托尼托的話笑了起來。

但是,當他們看見蘇薩娜正向他們走過來時,他們幾個人都保持著沉默。蘇薩娜走到他們身邊看著澤・坎布塔說:

「澤,在你自己寫的情書中說,愛情讓你變得痛苦。可是,你的身體那麼胖,不像遭受了極大的痛苦啊?」

「哈哈哈!」同伴們又笑了。

「啊,蘇薩娜,你為什麼要過來對我說這件事情啊?」澤・坎布塔質問蘇薩娜。

「我的好朋友若安尼亞跟我說了這件事。」

「那又怎麼樣呢?難道你是來這裡取笑我的嗎?」小矮個澤生氣地說。

「我並不是想取笑你,你的事情我是聽別人說的。」蘇薩娜補充說。

九　錯字

　　托尼托也急忙幫蘇薩娜說：「呵呵，沒關係！只不過是我們的朋友幹了一件蠢事而已。」

　　澤・坎布塔被在場的人又嘲笑一番，他覺得自己的頭髮好像快掉光了一樣。突然，他覺得自己口乾舌燥，好像有一個石子堵住了自己的喉嚨。他們人數眾多，自己寡不敵眾，沒有辦法和他們幾個人硬拚。他只能鼓起勇氣和他們中的一個人單獨過招——他想用車輪戰術打敗他們幾個人。沒想到他們幾個人一哄而上把他牢牢地控制住。看來澤・坎布塔想反抗自己的團隊是一件不可能的事情；而且，現在的他已經適應了他這些好哥們，他已經沒有回頭路了。小夥伴們還在嘲笑他錯誤百出的情書，為什麼他不逃跑呢？他從未想過逃跑，因為他從未想過和這些好哥們分開。不過，他終於找到一個改變現狀的機會，他笑著對身邊的雅內羅說：「雅內羅，你該準備一下了，這次該你出馬啦。」

　　「我不用準備了，我知道她根本不想和我們當中的任何人談戀愛。」

　　「不行，你必須寫情書給她！」

　　「不用寫，我覺得已經沒有寫的必要了。」

　　「你說什麼？現在你是在給我們大家找不痛快啊。」澤生氣地說，整個人也變得神經緊繃。他接著說：「你現在說沒有必要寫，為什麼輪我時你非要逼我寫？現在你該把該做的工作做完。」

下篇　小夥子雅內羅的另一面

「什麼工作啊？」雅內羅像患上失憶症一樣問小矮個澤。

「你自己說還有什麼工作？你要對得起自己曾經說過的每一句話。你要給小老師若安尼亞寫情書……」澤‧坎布塔說。

「哈哈哈！」其他人都笑了。

澤‧坎布塔向雅內羅緊走一步想要抱住他；可是，雅內羅一轉身躲了過去。澤‧坎布塔沒有防備一下子撲空摔倒在沙地上。

在場人看見此種情形都笑了起來。

「哎呀，澤‧坎布塔！好兄弟，我剛剛不是故意的。你的名字和托尼托爺爺的一樣，你也是受尊敬的人。剛剛實在是不小心讓你摔了一跤。」雅內羅連忙道歉。

澤‧坎布塔嘴唇上沾滿沙子，站在那裡傻傻地看著大家。

「好哥們澤，你沒有受傷吧？」雅內羅笑著問。

「你去吃屎！你們最好不要再嘲笑我，反正，我寫情書的日子已經過去了，下面該誰寫你們自己看著辦吧。」

「哈哈哈！澤，你什麼時候把錯誤的字抄寫完二十遍，你寫情書的日子才算真正結束。」

「你們誰願意抄寫那該死的錯別字誰去抄寫，反正我不會聽她的話抄寫錯別字。」澤‧坎布塔惱怒地說。

「哈哈哈！」聽了他的話，其他人又笑了起來。

十　回信

　　兩天後,雅內羅開始寫給若安尼亞的情書。因為一,他知道小女孩若安尼亞是一個不喜歡甜言蜜語的姑娘;二,她喜歡書寫得正規的葡萄牙語,所以他草草寫出幾句遞給了若安尼亞。

　　去信的第一天,他們幾個人聚集在一起猜測回信的內容;第二天,幾個人又繼續聚集在一起;到了第三天,大家都失去了猜測的興趣。

　　一幫人覺得回信的內容無外乎負評。他們勸說雅內羅放棄等待若安尼亞的回信。但是,雅內羅拒絕了他們。他說:「嗨,不行!你們這樣讓我放棄太不公平。」

　　「什麼不公平,大家已經猜出結果了。」澤‧坎布塔站起來大聲說。

　　「好兄弟們,這樣放棄自己的希望不行!我已經把情書交給她了,你們知道我在情書上寫下什麼話嗎?」雅內羅強調說。

　　「哎呀,算啦!我們不知道你寫的內容,不過,我們大家已經估算出你的結果。所以,你寫了什麼已經不重要了。」

　　「當然重要啊,大家等著她給雅內羅的回信吧。」霍爾海說。

　　雅內羅說:「我把自己想對她說的話,全部都寫在我遞給她的情書裡。」

下篇　小夥子雅內羅的另一面

「你現在說的那些事情已經變得沒有任何意義，等著我們大家嘲笑你吧！」在場所有的人說。

「雅內羅，你等著我們排山倒海式的嘲笑吧。可是，你，霍爾海的表弟，到時候你可要忍耐住啊。」

「你們要嘲笑我嗎？我已經寫過情書給若安尼亞了，在寫之前，我已經跟你們說過自己的葡語寫得太差勁。」雅內羅苦笑著說。

「從星期一開始，你總是躲著大家走路，也不願意和我們交流。你說說，在我們當中誰是正經八百的文盲？」

霍爾海打斷同伴的發言說：「哎呀，現在我們每個人都寫過情書了。小夥子雅內羅有一種堅忍不拔的精神，儘管他知道自己的希望不大，但還是親自給若安尼亞寫了一封情書。所以，他可以作為大家的典範啦。」

「你說他有什麼精神啊？」一個小夥伴問霍爾海。

「他有堅忍不拔的精神。」

「霍爾海，你不要在這裡偏袒自己的表弟。在這裡我們之間不說親戚關係。你別把他當成你的表弟，要做到公正客觀地評論雅內羅。」托尼托在一旁說道。

接著，他們大家又開始寫自己的小紙條。

現在，該怎麼去評論雅內羅的事情？也許，幸運之神正在

十　回信

偏向他。因為，若安尼亞收到他的情書之後，心裡特別高興。在他們整個團隊中，他的情書是她最喜歡的一封。也許，這便是冥冥中注定的緣分，她在默默地等待他的來信。

小夥子托尼托在麗塔小女孩那裡證實了若安尼亞的心意。後來，大家都知道若安尼亞在一張很大的白紙上面寫下一個很大的字「好」。

澤・坎布塔看到若安尼亞的回信心裡特別生氣，霍爾海坐在一旁也沒有說話。西基蒂尼奧心裡對雅內羅非常佩服。從若安尼亞第一天來學校上學到現在，西基蒂尼奧從未和她說過一句話，而且，他還在寫給她的情書中對她進行謾罵；所以才會收到「屁股一樣的臉」那樣的回話。西基蒂尼奧在收到那封回信的時候，心裡還有些許的沉重。霍爾海和澤・坎布塔兩個人看到若安尼亞給雅內羅的回信後，心裡也有些不高興。托尼托也不像之前那樣大聲歡笑了；但是，當他看見霍爾海那張臉的時候，他又開始放聲大笑起來。

「托尼托像個傻瓜一樣。你在那裡笑什麼啊？」霍爾海生氣地問道。

托尼托笑得更大聲了，他的笑聲讓在座的人心裡發毛。他沒有解釋自己為什麼大笑。

「你笑什麼啊？給我們大家講講啊。」澤・坎布塔不解地問。

「呵呵，我早知道那個小蹄子喜歡雅內羅啦。」托尼托回答說。

下篇　小夥子雅內羅的另一面

「你是怎麼知道的啊？你又是什麼時候知道的？你為什麼不早和我們說？」霍爾海大聲地問。

「你別問啦，讓他說給我們聽。你把自己知道的東西說給我們聽。」澤・坎布塔急切地說。

「記得有一次，大家一起在教室裡做遊戲，後來若安尼亞把她帶的一些好吃的東西送給了雅內羅。那天，她說自己身體不舒服，老師特意讓她回家休息。她在回家前，把帶到學校的東西給了蘇薩娜，並且讓蘇薩娜把東西轉交給雅內羅。實際上，是若安尼亞主動給雅內羅好吃的東西的。所以在沒有看她給大家的回信之前，我便知道你們肯定會被她拒絕的。」

「真的？誰跟你說的這些內部消息？」

「小女孩麗塔跟我說的，而且她還讓我替她保密，不讓我和任何人講這件事情，就算是雅內羅本人也不能說。」

霍爾海和澤・坎布塔兩個人像雕塑一樣站在那裡一動不動，但心裡的疑團終於消除了。他們慢慢回想起蘇薩娜曾經和雅內羅的一些對話，而且，若安尼亞給雅內羅的回信上面只寫了一個「好」字。

那些天，學校內外關於雅內羅的流言蜚語滿天飛，不管走到哪裡都能聽到關於他的故事；特別是漂亮姑娘給他回信的故事。那天，蘇薩娜手裡拿著若安尼亞的回信走進教室。可是，她不能在教室裡把信直接交給雅內羅；因為那天老師一直在教

十　回信

室工作。老師非常不喜歡男女學生之間傳送小紙條。所以,她向雅內羅做了個手勢,讓他跟著自己出去。

雅內羅走出教室的時候,看見托尼托在瘋狂大笑。

「這個哥們在笑什麼?」雅內羅問身邊的小夥伴。

「一會兒再慢慢和你講清楚。你先別管他啦。」

雅內羅急忙走到托尼托的身邊,想盡快知道他大笑的原因。托尼托卻讓他稍等一下。

「你趕緊跟我說是怎麼回事啊!為什麼你一個人在大笑,其他人都默默不語?到底是怎麼回事啊?」雅內羅好奇地問。

「哎呀,我的好兄弟,你先讓我自己笑完,然後,我再跟你說啊。」

「你不用跟他說,也沒有必要跟他說這件事情。」澤‧坎布塔表情嚴肅地說。

托尼托停止了笑聲,表情也變得嚴肅起來。

「為什麼不能和他說啊?」托尼托問道。

澤‧坎布塔說:「沒有為什麼,你不用跟他說那麼多!」

「你不能命令別人該做什麼不該做什麼啊!」雅內羅打斷澤‧坎布塔的話,然後,他慢慢靠近托尼托說:

「好哥們,你跟我說說啊。剛才你在笑什麼?你快給我說說。你難道會怕那個膽小鬼澤‧坎布塔嗎?」

下篇　小夥子雅內羅的另一面

　　托尼托一把推開雅內羅，然後慢慢悠悠地走到澤‧坎布塔的身邊說：「澤，你告訴我，為什麼我不能告訴他？為什麼我不能告訴雅內羅那件事情？你以為你是誰？還在這裡衝我發號施令！哪裡涼快你哪裡待著！」

　　澤‧坎布塔為了避免衝突，沒有和托尼托繼續爭執。

　　「好啦，你別和澤‧坎布塔鬥嘴了，趕緊把那件事情和雅內羅講講。」霍爾海在一旁說。

　　過了一會兒，托尼托平靜下來，他把自己大笑的原因講述了一遍。

　　雅內羅不相信托尼托所說的話，最好的證明是看到若安尼亞所寫的回信。事實才能說明一切。

　　當雅內羅看到回信上面的「好」字時，他高興得跳了起來，他像精神病院的瘋子一樣在教室外面奔跑著。

十一　麗塔

　　在雅內羅收到若安尼亞給他的那封寫著「好」字的回信後，他和若安尼亞就開始頻頻傳遞紙條了。他們兩個人都書寫著自己心中最美麗的語言，包括那些夢幻般的詞句。

十一　麗塔

　　澤‧坎布塔和霍爾海兩個人看見眼前的情景心裡非常地生氣。他們知道幸運之神眷顧著他們的朋友雅內羅。

　　一天下午，幾個人圍坐在一起談論這幾天遇到的事情。然後，又談論著各自喜歡的女孩子——其他的男生也要尋找自己喜歡的女生，不管是同村的還是其他村子的女生。

　　托尼托喜歡上小女孩麗塔，麗塔也是他的女同學，長相相當出眾，是一個皮膚黑亮的姑娘。澤‧坎布塔和那個「郵差」蘇薩娜在一起了，她的長相也算出眾，只不過她有一個缺點，澤‧坎布塔不是很喜歡——她的頭髮比較稀少。西基蒂尼奧不是很喜歡她們那個類型的女生，他在學習正宗葡萄牙語方面投入很多心血——他怕被他的朋友們恥笑。最後，他和女生澤塔走到了一起。霍爾海則光明正大地和自己的女朋友恩孔吉塔建立了戀愛關係。

　　他們的生活並沒有因此而停頓，日子一天一天地過去，就像牆上掛著的日曆一樣一天翻過一頁。新的時間、新的精神、新的血液在他們的身體裡流淌。一天天過去了，很多事情也在慢慢發生改變。雅內羅和若安尼亞經常到鄰村舉辦紅白喜事的地方跳舞。

　　在這個村子裡有兩個人非常有名氣。其中一個人叫保羅里諾，他是若安尼亞的親哥哥，他擁有一家從不關門歇業的商舖。

　　他每天開門營業接待購買商品的客人。即便如此，每天仍

下篇　小夥子雅內羅的另一面

有很多的客人拿著袋子來商店裡購買大豆、鹽、麵粉等食物。一天晚上，村裡有人家辦事，購物的人們走出店外便會聽見震耳欲聾的音樂聲。保羅里諾本人不是很喜歡這類音樂，但他也和大家一起跳歡快的基松巴舞。當他看見自己的妹妹和雅內羅之後，便對著自己的妹妹若安尼亞和雅內羅兩個人說：「小夥子，你給我注意點，別和我的妹妹走太近！你看看你的那副招惹麻煩的臉，我可不希望我的妹妹因為你受苦。你看看這麼多人在大街上跳舞，你覺得自己和我妹妹在一起有希望嗎？」

雅奈洛比恭畢敬地說：「是的，保羅里諾先生。」

保羅里諾先生也認識雅內羅的姐姐，也就是村子裡那個著名的女裁縫弗蘭塞西尼亞。所以，他們兩家人可以說是相互了解得很深。因此，以前在保羅里諾面前，雅內羅也經常和若安尼亞開玩笑。

由於保羅里諾先生的服務態度非常好，所以，每天來光顧他商舖的客人非常多，一會兒，他便忙得顧不上雅內羅了。雅內羅和若安尼亞兩個人來到了西科老先生家旁邊——他家附近有一個漂亮的水塘。

當兩個人來到水塘的時候，雅內羅深吸一口氣。他鼓起十足的勇氣和若安尼亞聊天。若安尼亞像孩子一樣坐在那裡——她在水池邊找了一塊乾燥的地方坐下去。但是，當雅內羅嚴肅地向她說出自己的心理話時，小女孩緊張起來。

十一　麗塔

「若安尼亞，我們兩個人總是像小孩子一樣嬉笑打鬧，我實在不是很喜歡這樣子的我們。」

「為什麼？你感覺不好嗎？」小女孩若安尼亞不明白地問。

「我不喜歡現在的我們，你知道托尼托和澤·坎布塔嗎？托尼托和麗塔兩個人走到了一起，澤·坎布塔和蘇薩娜也相約在一起，而且，他們已經開始接吻了。」

若安尼亞聽到他的話躲開了，她站在那裡沒有回答。雅內羅等了幾分鐘後，期待她能回答自己的問題。但是，若安尼亞卻一直沒有說話。所以，他又重新鼓起勇氣直接面對若安尼亞說：「若安尼亞，請你給我一個吻！讓我晚上睡覺更加甜美！」

可是，若安尼亞卻說：「不。」然後她說，「明天我才能給你吻。」

「哎，你今天吻我好啦。」

「不行，我明天會教給你很多有用的東西。」

「你今天教我吧，明天我們兩個人還要去跳舞。」

「知道。但反正，我想明天再教你。」

「我沒有不同意。明天我們不用去跳舞，這樣你有更多的時間教我。」

「不行，如果明天沒有時間，我們再找其他的時間。」

「明天我們不要去跳舞。」

下篇　小夥子雅內羅的另一面

「明天一定要去,你等我吧。」

「可是,我不想再等啦!現在我在這裡,你想讓我等到哪一天?上帝知道我能不能活到明天?我一分鐘也不願意再等了。」

聰明的若安尼亞像一隻小兔子般被雅內羅擠到一個死巷裡。然後,雅內羅把小女孩擠到西科老先生房屋的牆邊。他低聲吹著口哨,等待著小女孩做出自己的決定。巷弄口時不時有一些路人經過。

若安尼亞並不想這樣離開,因為在這個時候離開意味著她和小夥子雅內羅的戀愛將終結。她腦中想出一個妙計,她說:「現在你在這裡待著,我給你講一個關於我表姐和她男朋友在葡萄牙的事情。那個時候我正好在葡萄牙度假。」

「現在你別在這裡轉移話題。你說,到底要不要親我?」

「我會親你,不過不是現在。我說過明天再親你,你怎麼能不相信我?」她在斟酌自己該說些什麼,「等我給你講完我表姐的故事。你看看,總是有很多人從這裡經過啊。」

隨後,她把自己表姐的故事向雅內羅完整地講述一遍。若安尼亞的表姐年滿十八週歲,已經是一個成人了。若安尼亞好像講錯了故事,因為雅內羅聽完表姐的故事後,感到自己渾身發熱。雅內羅露出他小混混的本性,想到自己姐姐坎迪尼婭和她男朋友之間的男女之事,雅內羅全身泛紅,額頭上滲出汗水。若安尼亞看見此時的雅內羅心裡特別害怕。雅內羅慢慢地

十一　麗塔

靠近她,並試圖透過暴力占有小女孩。小女孩拔腿便跑,可是慢了一步,於是她被雅內羅死死地按在地上,接著,他用手臂抱住了若安尼亞。小女孩痛苦地說:「不行,不能這個樣子,我不喜歡這樣的你。這不是我要的……」接著,她大聲喊叫起來,「雅內羅,不行啊,這樣不行……你這樣子會把我們的幸福斷送掉,你做出這樣子事情也對不起你的姐姐坎迪尼婭大姐。雅內羅,我求你千萬別這樣,我現在已經沒有力氣在這裡喊了。你難道想看見我流淚嗎?我的命為什麼這麼苦。我的心裡害怕你。你不要這樣……現在我給你一個吻,你想的吻我現在給你。雅內羅,請你住手……你放開我……」

此時,雅內羅的身體充滿力量,若安尼亞則鼓起十足的勇氣反抗自己的男朋友。若安尼亞是一個非常聰明的小女孩,但是那天她使出渾身的力氣也沒能逃離那條巷弄——那條由自己男朋友雅內羅把守的巷弄。

如果不是西科老先生的出現,兩個人可能會在那裡停留更長時間。小女孩已經沒有力氣再掙扎了,所以她躺在地上大聲地哭泣著。

西科老先生一直待在自己的小房子裡,他的身體一直不是很好。他的聽力也不是很好,他是一位半聾老人。他站在自己的屋內隱約聽見屋外有哭泣的聲音,還有二人爭鬥時發出的聲音。他以為是巫師在自己家附近作法。所以,他站在屋裡大

下篇　小夥子雅內羅的另一面

聲咒罵屋外發生的一切。接著，他點燃一根新蠟燭，坐在桌子前面開始對神靈祈禱，隨後又開始吟唱天主教的歌曲。這類歌曲在他的心裡比國歌還要重要。他生氣的時候會向基督耶穌禱告，訴說屋外發生的事情。生氣的西科老頭隨後大聲咒罵：「你們這些混蛋！立即離開我的地盤！難道你們以為我還會繼續忍受你們的欺負？！這些混蛋巫師，我再不會害怕你們。日日夜夜我都在上帝面前祈禱自己萬事安康。你們這些巫師的咒語在我家沒用！……自從我來到這裡我的意志很堅強，你們卻一直想破壞我的生活。可是你們看看，我和鄰居的關係是多麼的和睦。我現在誠懇做事用心做人，你們這些魔鬼為什麼還要在我家屋後施展魔法？你們這些魔鬼到底做什麼？難道，是我偷別人的東西了嗎？你們這些魔鬼可以用白天出現來證明是我犯了錯。你聽見了嗎？不要在我的房子後面搞鬼。如果你們想折磨我，我就讓會讓人抓住你們這幫魔鬼的尾巴。你們這些魔鬼，快離開我的地盤！……」

儘管他大聲地在屋裡做禱告，可屋後的聲音一直存在。後來，他從桌子旁邊拿起自己常用的枴杖打開房門，接著他像賊一樣躡手躡腳地走著，他想出其不意地出現在那些巫師面前。

不過，雅內羅和若安尼亞的運氣好，因為在西科老先生往屋後走的時候，不小心踢到一個空易開罐。當雅內羅聽見罐子發生「叮咚」的聲音時，他立即從小女孩的身上跳了起來，彷彿

被一根針扎了一樣,跳起來的速度非常快。若安尼亞看見雅內羅跳起來,順勢也在一秒鐘的時間內站了起來,兩個人迅速地從這個巷弄裡消失了。

西科老先生站在那裡埋怨自己的腳踢到了空罐子。接著,他走到剛剛發出抽泣聲的地方,可是,卻沒有發現任何的東西。

十二　愛情

小夥子們的生活總是幸福的,雖然從另一個方面來說他們也有自己的悲哀。由於年少,雅內羅沒有辦法和家裡人講述他對小女孩若安尼亞的愛情。那個時候,如果兩個愛戀中的年輕人敢越雷池半步,便會遭到家裡人的棍棒伺候,當然,也會被家人用界尺重重地抽打手掌。如果,你有一個像「流氓」一樣的叔叔,還會被他拳打腳踢,他會像電影裡面的古惑仔一樣惡狠狠地教訓自己的姪子。在你們年少的時候,自己的爸媽有被老師叫到學校狠狠批評嗎?

好好想想在你們的記憶中有沒有聽說過某某人總是把自己的老婆留在家裡,對她不聞不問?如果有這樣的男人,他便是一個十足的混蛋、懶人的典範!總有那個時候,這些不負責的男人被村子裡的人們捆在大樹上,一天到晚不給他吃喝,讓他

下篇　小夥子雅內羅的另一面

飽嘗飢餓的滋味，讓這些懶惰的男人懂得什麼是責任感，而不是任憑一時的激情氾濫。到那時，把他們的母親也叫到他被捆的現場，讓她們看看自己兒子不負責任的醜態，也讓不負責任的男人懂得什麼是羞恥心。

所以說，如果我們的女主角若安尼亞接受了雅內羅，明天她的身分可能就會變成保羅里諾的妹妹，那麼以後她的日子該怎麼樣去面對？她又怎麼能展開新的生活啊？

愛情就是這樣的東西，在你等待它的時候它會變得越來越偉大。並且，面對一份偉大的愛情應該先想到付出。很多人腦中有自己的看法和意見，可是，他們卻不知道該怎麼對待自己偉大的愛情。

總有人不喜歡那種短暫的山盟海誓，而是一直在追求一種天長地久的愛戀，追求一份永恆的愛情，一份不可被摧毀的愛情，一份沒有結束的愛情，一份自己心中的愛情。

十三　卡爾多索

那天，雅內羅和小女孩若安尼亞所說的話都是真的。他希望和她展開一段真實的愛情，兩個人期望一種天長地久的愛情，而不是曇花一現式的情感。他們為了對方可以付出自己的

十三　卡爾多索

全部。即便有一天他們的愛情終結，他們也不會因為這段愛情的終結而感到遺憾，相反，兩個人會因為共同擁有過這份感情而感到幸福和自豪。他們也會對其他人說：「我們兩個人不會辜負對方的愛情，也永遠不會喜新厭舊。」雅內羅愛著小女孩，這將持續到他閉上雙眼的那一天。若安尼亞也在自己的心中深愛著對方。即便是家人的阻攔也難以阻隔兩個人之間轟轟烈烈的愛情。不管是雅內羅家人阻撓，還是若安尼亞家人的勸阻都不會讓他們選擇退縮。小女孩的哥哥保羅里諾先生並不是一個壞人，相反，他是個非常通情達理的人。在這個村子裡有很多像他一樣的大好人，比如坎迪多先生、卡爾多索老頭、阿爾曼多先生，以及在聖‧保羅市醫院工作的護士阿爾梅裡科‧博阿維斯塔先生。他們幾個人都是村子裡有名的大好人。可是，在一九六一年那個兵荒馬亂的年代，他們都遭受過很大的痛苦。那時，他們幫助過村子裡很多需要幫助的人，據說阿爾曼多先生和坎迪多先生一直從事著保衛村民的地下工作。

卡爾多索老先生在一九六一年（該時期發生了屠殺白人和黑人的混血孩子的慘絕人寰的事件）英勇地保護了很多被人陷害的孩子。著名的作家、詩人若弗雷‧羅薩在他的眾多文學作品中詳細地描述過關於蘭熱村發生的慘案。那些慘不忍睹的畫面和事件，直接把很多著名民族人士從夢幻中拋到現實中，很多人被殺害，比如內維斯‧本蒂尼亞、桑塔納、卡帕卡薩、坎

下篇　小夥子雅內羅的另一面

迪多。卡爾多索老先生也講述過曾經發生的事情。老先生講述那時白人是怎麼屠殺和凌辱當地黑人的，他毅然決然地參與到革命中，在那場戰鬥中他失去一條手臂。當時的戰爭場面可以用血流成河形容，但是白人的屠殺並沒有阻擋住黑人獨立的願望，很多很多的黑人聚集在蘭熱村的大路上進行示威抗議，遠遠望去，像一團團黑色的螞蟻。混亂局勢下的孩子們十分鎮定，他們紛紛躲藏起來。一些白人孩子只能選擇逃走，他們和家人帶上所有的金銀細軟，帶上防身武器離開了。

卡爾多索老先生記得當時有很多人被逮捕，白人在到處抓捕黑人，黑人也在報復白人。雙方的戰爭的大幕慢慢拉開。老先生記得大家被押到一個大型的卡車上，他眼睜睜看著自己同胞的鮮血從傷口中像噴泉一樣湧出來。

卡爾多索老先生總是在我們的面前講述發生在蘭熱村的大屠殺事件。但是，每當我問到在大卡車上的細節時，他卻不願意直接回答我的問題，他只是簡單地對我說：「小夥子，你應該像我一樣！像我一樣擁有自己的信仰，而且是高度的信仰。」

卡爾多索老先生從來沒有跟我講過他自己的祕密，因為，這些事情在我們的土地上被稱為「障眼法」。

關於保羅里諾先生我不是很了解，只聽說他是一個貧窮的混血人。從他很小的時候起，他就像其他黑人一樣飽受飢餓的折磨。很多黑人慢慢地教會他去仇視白人，因為，他們只知道

十三　卡爾多索

生他而不去養育他。他在村子裡摸爬滾打，艱難生活。現在，他擁有一家屬於自己的小商店，這家商店為整個村子的百姓服務。有時，還有其他村的村民前來購買日用品，很多人都喜歡他的人品。

但是，市議會的工作人員總是隔三差五來檢查一次。經濟警察也時不時找些問題和毛病對他的商店進行罰款，所以，他的商店也是在艱難地維持著。

保羅里諾是一個聰明人，他做什麼事情都直來直去，從來不遮遮掩掩；而且他經常聽從卡爾多索老先生的建議，這才讓市議會和警察們的檢查人員無計可施。

現在，我不知道他們的情況到底怎麼樣了。因為，幾乎所有的民眾幾乎都處在「混亂」之中，這個「混亂」是我們偉大的民族在爭取國家獨立。白色皮膚的人們遭到了殘忍的對待，當地人拿起手中的鋤頭和砍刀反對殖民主對他們的壓迫和剝削，以致很多混血白人被當地人用砍刀殺死，或者被眾人殘忍地毆打至死。我不知道那時究竟死了多少人，又有多少人能逃過死神的魔掌。不過，聽說保羅里諾躲過了那場災難，村子裡的人們不願意親手去殺死一個品行高尚的混血人。雖然，他的膚色和身邊的朋友不同，可是，大家都有一顆熾熱的心。當時，第一個站出來阻止大家殺死保羅里諾的人便是卡爾多索老先生，接著是坎迪多先生和阿爾曼多先生——三個人一直在這個村

下篇　小夥子雅內羅的另一面

子裡保護著所有的村民。村民們也一直把保羅里諾當成自己的孩子。保羅里諾的命運十分坎坷，在他年幼的時候父親返回了葡萄牙，母親去世以後他們兄妹三人成了孤兒。他作為兩個妹妹的哥哥，每天起早貪黑地打小工；有的時候他還到路邊撿拾空罐，用這些空罐製作成煤油燈去賣；有時候他還會抓一些鳥到城裡去賣。辛辛苦苦地工作，只為兄妹三人填飽肚子。慢慢地，他鼓起勇氣在黑羚羊村裡開設了第一家水站。生活是艱苦的，男人的生活也很艱苦。

尊敬的讀者朋友，你們可以相信我講的故事，事實上，人們每賺一分錢都是那麼的困難，而且花費極其漫長的時間。

很多人看到別人擁有好吃的飯菜、好喝的酒水，擁有自己的商店和裁縫店，有自己的辦公室，他們或者會說其他人擁有一切。可是你們要知道，他們所擁有的一切並不是從天上掉下來的，而是透過他們自己的努力工作一分一分累積下來的。

即便是遊走在戰場上的士兵們也是一樣。他們每天生活在炮火滿天飛的環境裡，每天面對著失去生命的威脅。可是，他們卻沒有好吃的，也沒有好喝的。他們必須每天面對那些想要自己性命的敵人。我們彷彿聽到他們在戰場上的廝殺聲：「啊啊啊！」這些士兵們面對不同的人群能說出不同的話語。他們並不是撒謊者，並不是這樣，我尊敬的讀者們。事實上，他們為追求自己的人生目標不惜犧牲自己寶貴的生命。現實世界一直

存在洪災、旱災、飢餓等。我們雖然向後退了幾步，但是我們並沒有放棄自己的目標。我們將面對殖民主，與他們面對面談判。我們正在慢慢學習，我們正在慢慢地重建自己美好的國家。

十四　妹妹們

在一九六八年，保羅里諾的父親曾經寄過一封書信給他，在信中他請求保羅里諾讓他的兩個妹妹返回葡萄牙居住或者他們三個人都回到葡萄牙。因為在那段時間，白人和黑人激戰正酣。可是，性格倔強的保羅里諾拒絕了父親的請求。

保羅里諾先生並沒有給他的父親回信，因為他相信苦難已經過去，而且，現在他的兩個妹妹年紀已經大了。保羅里諾的二妹妹叫安娜・瑪麗亞，年方十八歲，現正在城裡的高中讀書。若安尼亞是他最小的妹妹，正在上小學，很快她也能到城裡學習了。後來發生黑人反抗白人的革命運動時，他不知道自己和家人是要安哥拉國籍還是葡萄牙國籍。他不知道該怎麼申請，也不知道自己為什麼會這麼想。

保羅里諾將手中拿著的信紙裝進信封，在這信紙上寫著他給父親的回話：「不行。」

「我不會同意她們任何人去葡萄牙。她們都是我親自照顧大

的。如果戰爭爆發，即便是死，我們三個人也要死在一起。」

保羅里諾的妻子是一個非常小心眼的女人，而且為人也並不和善。她害怕自己的兩個小姑子日後會爭奪丈夫的商店，於是她對保羅里諾說：「不要這樣，我覺得兩個妹妹應該回到葡萄牙，特別是我們的小妹妹若安尼亞，她應該返回葡萄牙。她的學習狀況近來一直不好。再說，現在本地即將爆發黑人反抗白人的運動，你父親在信中已經說得明明白白。這些黑人魯莽起來什麼事情都做得出來⋯⋯」

「你在說什麼粗魯的黑人啊，你到底在說什麼？你看看你自己什麼膚色啊？」

「我也是一個黑皮膚的女人，可是⋯⋯」

「可是，你比其他女人都要黑！你是個無知的女人，對不對？」

「我是無知的女人？算了，我不想和你討論這個話題。我只是覺得你應該學會原諒你的父親。事情已經過去很長時間了，讓那些不愉快的事情隨風飄走吧。現在，他已經在信中向你道歉了，你還想讓他怎麼辦？」

十五　分開

　　若安尼亞的心中一直存在著一份愛情，那便是她一直愛著雅內羅。兩個人的愛情之花已經在西科老先生家房後和其他的地方開放了。事實上，麗塔根本沒有給托尼托那個吻，而蘇薩娜也沒有給澤‧坎布塔那個愛，恩孔吉塔也同樣沒有給霍爾海那一份嚮往已久的感動，澤塔也沒有給西基蒂尼奧那份香吻。

　　後來的日子裡，若安尼亞教會了雅內羅怎樣接吻，而且教會了他以葡萄牙人的方式相互擁抱。

　　但是從那天晚上得到若安尼亞要離開安哥拉返回葡萄牙的消息後，小夥子雅內羅像丟了魂一樣。他不知道在這個世界上還有什麼值得他去留戀。在她沒有返回葡萄牙之前，他每天都乘坐公車或者是徒步來到若安尼亞的家門口遠遠看著她。

　　雅內羅為了留一份紀念給若安尼亞，帶來一條項鍊給她，並親自為她戴在脖子上。這是一條非常漂亮的，有著不同顏色的項鍊，是雅內羅走遍全城找到的一個有獨特意義的項鍊。因為，他看到這條項鍊的時候，它是放在教堂的聖盃裡的。所以，這也是經過上帝洗禮的聖物。

　　後來，兩個人相擁而泣，那場景和所有戀人離別時的場景一樣。兩個人的眼睛裡流出滾燙的淚水，慢慢地，淚水掉到了

下篇　小夥子雅內羅的另一面

地上。他們的淚水浸溼了籬笆牆下的大地。

兩個人感受到對方的心在飽受痛苦的折磨，只有他們敞開心扉才能減輕對方所受的痛苦。兩個人靜靜地看著對方的眼睛沒說一句話。時間就這樣一分一秒過去了。風兒輕輕吹打著院牆，過往的人們在大馬路上來來往往。一些人站在巷弄口，一些人站在房子附近高聲暢談屬於他們的話題。雅內羅和若安尼亞兩個人卻一直擁抱在一起，相互傾聽著對方的心跳聲。從六點半到七點，從七點到七點半，從七點半到八點，直到保羅里諾先生前來帶著若安尼亞離開。雅內羅一股腦把自己心裡想說的離別之語說了出來。他一口氣把自己心裡的話說了出來，可憐的雅內羅！

若安尼亞的家人狠狠地把她的手和雅內羅的手分開。鬆開自己的男朋友之後，若安尼亞跑了出去，留下了獨自傷心的小夥子雅內羅。

十六　思念

很長一段時間，雅內羅都生活在痛苦的思念中。他的腦中一直思念著自己深愛的好女孩，特別是他看見瑪爾塔女士的時候——瑪爾塔是保羅里諾的妻子。他想上前抓住她，然後再

十六　思念

狠狠地抽打這個臭娘們。因為，在若安尼亞離開之前，她把事情的前後緣由都告訴了雅內羅。不過，這個女人的運氣好，因為，現在的雅內羅還是一個小毛孩沒有辦法和她抗衡。

只是從此，他再也不和那個名叫瑪爾塔的女人打招呼。他用沉默的方式來報復那個棒打鴛鴦的女人。當他從瑪爾塔家的商店門口路過，或者到商店裡買東西時，他只是低頭買貨物，不再和女店主打招呼。女店主站在那裡等他說一聲「早安」、「午安」或者是「晚安」一類的話，可是他卻總是沉默不語。他用自己的方式進商店、付錢、拿貨、走人。很長一段時間他沒有和瑪爾塔說一句話。直到有一次，瑪爾塔心中納悶，把他叫了過去。她問他為什麼日常見面不向長輩打招呼問好。她說小夥子雅內羅也算是村子裡學習比較好的孩子，為什麼總是見到她愛答不理的，難道不知道這樣的行為是不禮貌的嗎？雅內羅終於等到反擊瑪爾塔的機會了，他深吸一口氣鼓起勇氣一口氣把埋在自己心裡的怨言說了出來。他大聲對瑪爾塔說：「我不向你問好是因為若安尼亞的事情，你為什麼讓她去葡萄牙生活？」

瑪爾塔女士聽到雅內羅的回答時，像炸開的麵包果一樣瘋狂大笑起來。

「難道，因為這個原因你不向我問好嗎？」瑪爾塔笑著說。

「是！就是因為這件事！」雅內羅堅定地回答。

瑪爾塔又呵呵大笑起來，接著她對雅內羅說：「好啦，我的

下篇　小夥子雅內羅的另一面

好妹夫。以後,你再見面一定要向我問好,因為我的小姑子她是去葡萄牙度假去啦。我順便問一下,你的姐姐把給我們的聘禮準備好了嗎?現在你可是沒有工作啊!」

「你們不用管,你們只管把她送回來。」

瑪爾塔女士笑了起來,並大聲說:「好,我現在讓人通知她回來!但是,從今往後你見我時必須向我問好,你聽到了嗎?如果你按照我的話去做,我就不讓若安尼亞再回葡萄牙。到那時,你可以到這裡和她聊天。難道你忘記當初你們是怎麼談情說愛嗎?如果你跟我講講你們的故事,我就不讓她再去葡萄牙了。」

雅內羅聽了她的回答心裡十分生氣,所以當她要求以後見面必須向她問好的時候,雅內羅回答說:「等她從葡萄牙回來,我再向你問好。」

「啊,那不行。如果我讓她回來,你卻不遵守諾言怎麼辦?到時候,我就不讓我的小姑子和你說話!」

「你是說不讓若安尼亞和我說話嗎?她為什麼不和我說話啊?如果是那樣,她便不再是我的若安尼亞了。」

「哈哈哈!你這個傻孩子。你敢跟我打賭嗎?我敢說等她回來,她一定不會和你講話。」

雅內羅信心滿滿地說:「我相信自己!你如果輸了,賠償多少錢啊?」

十六　思念

「啊，你想跟我賭什麼？」瑪爾塔和男孩子開玩笑地說。

「這樣吧，我們兩個人如果誰輸掉了，誰就必須付一筆錢給對方。」

「好，誰輸掉誰便付錢。我同意你的提議！」她和雅內羅兩個人「拉鉤上吊，一百年不許變」。

但是，當雅內羅和瑪爾塔打賭的時候，突然發現自己女朋友的哥哥保羅里諾先生一直坐在商店的門後。彷彿，他把兩個人的對話從頭至尾全部聽到了。小夥子立即縮回自己和瑪爾塔拉鉤的手指頭。他的雙腿像不聽使喚一樣慢慢走到商店的牆邊，接著，他轉過身輕輕地離開了商店。瑪爾塔試圖去阻止他離開，但是卻沒能攔住。

小夥子跑出商店後大聲喊著：「一會兒再說，我們一會兒再說！我剛剛說的一切都是自己的真心話。」說著，他消失在保羅里諾夫婦的視野中。他們夫婦二人看著對方笑了起來。

寫於一九八〇年

雅辛多・德・萊莫斯

國家圖書館出版品預行編目資料

童年：於亂世中生長的孩子，如何保持良善與純真？/ [安哥拉]雅辛多・德・萊莫斯(Jacinto de Lemos) 著,尚金格 譯. -- 第一版. -- 臺北市：複刻文化事業有限公司, 2024.08
面； 公分
POD 版
譯自：Childhood
ISBN 978-626-7514-32-0(平裝)
886.8657 113011671

電子書購買
爽讀 APP

童年：於亂世中生長的孩子，如何保持良善與純真？

臉書

作　　者：	[安哥拉]雅辛多・德・萊莫斯（Jacinto de Lemos）
翻　　譯：	尚金格
發 行 人：	黃振庭
出 版 者：	複刻文化事業有限公司
發 行 者：	複刻文化事業有限公司
E - m a i l：	sonbookservice@gmail.com
粉 絲 頁：	https://www.facebook.com/sonbookss/
網　　址：	https://sonbook.net/
地　　址：	台北市中正區重慶南路一段 61 號 8 樓

8F., No.61, Sec. 1, Chongqing S. Rd., Zhongzheng Dist., Taipei City 100, Taiwan
電　　話：(02) 2370-3310　　傳　　真：(02) 2388-1990
印　　刷：京峯數位服務有限公司
律師顧問：廣華律師事務所 張珮琦律師

-版權聲明-

本書版權為北嶽文藝所有授權崧博出版事業有限公司獨家發行電子書及繁體書繁體字版。若有其他相關權利及授權需求請與本公司連繫。
未經書面許可，不得複製、發行。

定　　價：330 元
發行日期：2024 年 08 月第一版
◎本書以 POD 印製

Design Assets from Freepik.com